# 鳥籠の家

廣嶋玲子



豪商天鵜《あまぬえ》家の跡継ぎ、鷹丸《たかまる》の遊び相手として迎え入れられた勇敢な少女茜《あかね》。だが、屋敷での日々は、奇怪で謎に満ちたものだった。天鵜家に伝わる数々のしきたり、異様に虫を恐れる人々、鳥女《とりめ》と呼ばれる守り神……。茜がようやく慣れてきた矢先、屋敷の背後に広がる黒い森から鷹丸の命を狙って人ならぬものが襲撃してくる。それは、かつて富と引き換えに魔物に捧げられた天鵜家の女、揚羽《あげは》姫の怨霊《おんりょう》だった。一族の跡継ぎにのしかかる負の鎖を断ち切るため、茜と鷹丸は黒い森へ向かう。〈妖怪の子預かります〉シリーズで人気の著者が放つ時代ファンタジー。

# 登場人物

沖野茜《おきのあかね》……明るく活発な少女
天鵺鷹丸《あまぬえたかまる》……天鵺家の跡取り息子
天鵺燕堂《えんどう》……天鵺家当主、鷹丸の祖父
天鵺椋彦《むくひこ》……鷹丸の父
天鵺ぬい……鷹丸の義理の母
天鵺千鳥《ちどり》……鷹丸の叔母
天鵺こるり……千鳥の娘、故人
静江《しずえ》……天鵺家の使用人、鷹丸の世話係
沖野雄一郎《ゆういちろう》……茜の長兄
沖野宗次《そうじ》……茜の次兄
雛里《ひなり》……鷹丸を守る鳥女
揚羽姫《あげは》……黒羽ノ森の化物

# 鳥籠の家

廣 嶋 玲 子

創元推理文庫

# THE CLAN OF DARKNESS

by

Reiko Hiroshima

2015

# 鳥籠の家

# 1

「あっ……」

座敷に入ってきた少年を見て、茜《あかね》は思わず小さく声をあげていた。少年の顔の右半分が、赤茶色にただれていたからだ。

ただれといっても、火傷《やけど》ではない。漆《うるし》かぶれのような痕《あと》だ。とにかくひどいありさまで、蝦蟇《がま》の背中のように、ぼこぼこと皮膚《ひふ》がふくれて、右目も細く押しつぶされてしまっている。

無礼であることも忘れて、茜はまじまじとそのすさまじいただれを見ていた。茜だけでなく、横一列に並んでいる他の娘達も絶句していた。

と、娘達をこの座敷に案内してきた女が、口を開いた。

「天鵺《あまぬえ》家の若君、鷹丸《たかまる》様であらせられます」

静かな声が、娘達を我に返らせた。花が風になぎ倒されるように、みんないっせいに少年に頭をさげた。茜も慌ててそれに倣《なら》った。

若君に気に入られる。若君の遊び相手として選ばれる。

それが茜の使命だった。

「なんとしても若君のお相手に選ばれてくれ。頼んだよ」

何度も父に言われた言葉が、耳によみがえってきた。

遠縁にあたる天鵝家が、総領息子の遊び相手となる娘を探している。選ばれた娘の家は、懇意のあかしとして、今後、天鵝家から相応の援助を受けられることになる。

その知らせが届いた時、両親の目の色が変わった。

天鵝家は、代々広大な土地を所有してきた大地主。遡《さかのぼ》れば、由緒正しい武家の血を引くという。つましく商売をしている沖野《おきの》家とは、比べ物にならない家柄であり、資産家だ。その援助があれば、商売を手広く広げられ、抱えた借金もきれいに返せるはずだ。帝都にいる茜の兄達も、このまま勉学を続けることができるだろう。

もちろん、こうした諸事情は十三歳の茜にはわからないことだ。ただ家が苦しいことには薄々気づいていたし、なにより必死の形相で「天鵝家に行ってくれ」と頼みこんでくる両親に、いやとは言えなかった。

だから茜はうなずいていた。若君は自分と同じ十三歳だというから、きっと仲良くなれるだろう。天鵜家のお屋敷に行けるというのも、楽しみだった。

そうして今日、茜は親に連れられて、初めて天鵜家の門をくぐったのだ。

天鵜屋敷は、山間にある天繭村《あままゆむら》という村にあった。天鵜一族が代々領主を務めてきた村で、広い桑畑が広がり、養蚕《ようさん》がさかんに行なわれている。

この村にのみ生息しているヌエヤマユガの幼虫は、他の蚕《かいこ》には見られない、虹色の糸を吐くことで有名だ。夢見るような色合いと光沢から、俗に「千虹糸《せんこうし》」と呼ばれるその糸は、普通の絹糸の二十倍もの値段で取引される。天鵜一族の財は、この千虹糸によって築かれてきたのだ。

村は、入口からゆるやかな上り斜面となって、千本近い桑が植えられた桑畑がずっと上へと続いていく。畑が終わると、人家が見えてくる。わらぶき屋根の、ごく普通の民家が四十軒ほど。そうした家々の上に君臨するかのように、村の最奥に天鵜屋敷はあった。

石垣に囲まれた、古めかしく、そして巨大な屋敷であった。敷地自体も半端な広さではない。なにしろ、門をくぐってからしばらく庭を歩かないと、母屋にたどりつかないのだ。

庭の独特な美しさに、茜は目を奪われた。見たこともない花々や草木が、びっしりと植わっている。からみあう蔦《つた》に、ねっとりとした芳香を放つ赤い花の群生。地面にはびこるとげとげしい草の上に、しなだれる女のように枝を投げかけている黒い樹木。初夏の日差しの中、やりたい放題に枝や葉を伸ばした彼らの姿は、どこか淫らですらある。

普通、こうした屋敷の庭は、人の手によって美しく清々しく整えられているものなのだが。ここの庭は、草木を奔放《ほんぽう》に遊ばせているようだった。それが茜には好もしかった。堅苦しくないところが気に入ったのだ。

ようやく建物にたどりつくと、すぐさま大きな部屋へと通された。部屋までのほんのわずかな空間を歩いただけで、早くも茜は圧倒されてしまった。屋敷の中には、様々な調度品がいたるところに置かれていたのだ。

色鮮やかな中華の壺や舶来物《はくらいもの》の大時計、南方の彫刻や織物、珍しい獣の敷き皮や剝製《はくせい》。いずれも相当値打ちがありそうで、天鵺家の持っている資産の大きさを、いやでも感じさせる。全部でいかほどなのか、茜は考えるのも怖くなった。

同じことが、通された部屋にも言えた。部屋は西洋風の応接間となっていた。金と白の壁紙は華やかで、天井からは水晶のようなギヤマンの珠で飾られた燭台《しょくだい》がつりさげられている。大きな黒檀《こくたん》の円卓には上等の茶菓子と茶が用意され、優美な高足の椅子があちこちに置かれていた。

たっぷり金をかけて作り上げた部屋。客人をもてなすのではなく、財力を見せつけるような部屋であった。天鵺家のいやらしさがこめられているようで、さっきの庭とは反対に、茜は嫌悪感を覚えた。

応接間には先客がいた。親子らしき子供と大人が四組、それぞれかたまって椅子に腰かけている。天鵺家と縁のある家の娘と、その親達だ。天鵺家の招集を受けて、やってきたのだろう。

茜も両親も、彼らとは一言もしゃべらなかった。じろじろと、敵意をむきだしにした目線を交わしあっただけだ。

娘達は、五歳くらいの幼い子供から、十七、八くらいの大きな娘もいた。どの家も自慢の娘を連れてきたのだろう。目鼻立ちの整った娘ばかりで、例外なく着飾っていた。凝《こ》った形に髪を結い、化粧をしている子さえいる。

茜は居心地の悪さを感じた。彼女らの気合の入った装いの前では、自分のよそいきの振袖すら、野暮ったく思えてくる。黒く日焼けした自分の肌が、茜は初めて気になった。もう少し外で遊ぶのを控えるべきだったと、後悔した。

落ち着かないまま待っていると、さらに四組が到着した。これでそろったのだろう。三十がらみの女がやってきて、娘達に部屋を出るように言ってきた。

「親御様はどうぞここにてお待ちください」

女の言葉に、親達はおとなしく従った。

九人の娘達は、女のあとに続いて、黙々と長い廊下を歩いた。茜も黙って足を動かしていたが、頭の中ではめまぐるしく考えていた。

どうやったら若君に気に入ってもらえるだろう？　ああ、ちょっとでも若君と話すことができたら。絶対に若君がおもしろがるような話をしてあげられるのに。

茜は男の子と遊ぶのが得意だった。なにしろ、年の離れた兄達にかわいがられ、小さな頃から男の子の遊びをたっぷり仕込まれている。「茜って女じゃねえよなあ」と、近所のがき大将、文太《ぶんた》に言わしめたほど、おてんばなのだ。

だが、相手はこの大きな屋敷の御曹司《おんぞうし》だ。もしかしたら、茜の活発さに眉をひそめるかもしれない。両親からも、「くれぐれも若君に無礼のないように」と、釘を刺されている。

この日の本の国が鎖国を解いてから、五十年あまり。街では街灯が輝き、洋服を身につける洒落者《しゃれもの》も増えた。

それでもなお、華族や武家に対する人々の思い入れは強いのだ。武家の血を引くというだけで、庶民とその人との間には、自然と格差ができる。天鵜家の総領息子も同じだ。本来なら「ぼっちゃん」ですまされるところが、「若君」と呼ばれているほどなのだから。

はたして、若君とうまく付き合えるだろうか。

考えれば考えるほど、不安が募ってきた。

と、先頭を歩いていた女が新たな部屋へと入った。あとに続いた茜は驚いた。こちらは和風の座敷で、先ほどの西洋風の応接間に比べると、ぐっと華やかさに欠ける。にもかかわらず、ここは先ほどの部屋よりも上質な感じがした。床にしきつめられた畳一つとっても、真新しく清々しい。ことに、欄間《らんま》の彫刻の凝っていることといったら。生き生きと彫りこまれている牡丹《ぼたん》や孔雀《くじゃく》には、思わず見入ってしまった。

「どうぞお座りください」

声をかけられ、茜は我に返った。見れば、他の娘達はすでに横一列に並べられた緋色《ひいろ》の座布団に座っていた。

顔を赤くして、茜は慌てて一番隅の、空いていた座布団の上に座った。他の娘達の、侮《ぶ》蔑《べつ》に満ちた視線が痛かった。

茜は前を向いた。前方には、一段高く座が設けられていて、金糸の縫いとりがされた座布団が一つだけ置かれていた。きっと、あそこに若君が座るのだ。

そして待つことしばし。奥の戸がすっと開き、一人の少年が入ってきたのだ。ただれに顔半分を食われてしまったかのような少年が。

頭を下げている娘達の前を横切り、若君はごく当たり前のように上座についた。茜が顔をあげていいものかどうか迷っていると、ふたたび女の声がした。

「顔をおあげください」

顔をあげると、若君の姿がよりはっきり飛び込んできた。

ただれ以外では、天鵺鷹丸は非の打ちどころがない少年に見えた。ただれていないほうの顔は、白くきめこまやかで、じつに美しい。線が細く、優しげでもあるので、茜よりもずっと少女めいて見える。

着ているものは、良家の子息の間で人気の、水兵服をかたどった洋服だ。茜も何度か見たことがある。が、使われている素材は、格段に上等だった。袖や襟には見事な刺繡《ししゅう》がほどこされていたし、金ボタンはまぶしいほどに輝いている。中に着ている純白のシャツだけでも、きっと目が飛び出るほど高価なものに違いない。

そんな装いを、若君は折り目正しく着こなしていた。背筋をのばして座っている姿には気品があり、まるでどこぞの子爵のようだ。体が小さく、きゃしゃなので、実際の歳よりもずっと幼く見えるが、申し分ない御曹司《おんぞうし》ぶりだ。

『あのただれさえなければなぁ。ほんとにおきれいだろうに……もったいない』

茜はどうしたらいいか困ってしまった。鷹丸の顔を見ると、どうしてもただれに目が行ってしまう。だからといって、顔を背けるのもあからさますぎる。他の娘達も困っているようだった。

若君は無表情だった。そこからは、人を拒んでいるような雰囲気がした。これではどうやって近づいたらいいか、わからない。思い切って話しかけてみればいいのだろうか。しかし、それこそ馴れ馴れしいと、嫌われてしまうかもしれない。

茜がすっかり気後れしていた時だった。三度《みたび》、あの女の声が響いた。

「お嬢様方に、よいものを見せてさしあげましょう」

娘達ははっと振り向いた。

いつのまにか、あの女が背後に立っていた。その手には、金魚鉢のような丸いギヤマンの器があった。ただし、中に入っていたのは金魚ではなく、一匹の大きな蝶だった。

美しい蝶だった。どうやら揚羽《あげは》らしいが、こんな揚羽を茜は見たことがなかった。全体は黒みを帯びた紫。そこに、濃い瑠璃《るり》色と深い蘇芳《すおう》の斑紋が入り乱れている。

女が器の蓋《ふた》を開けると、蝶が飛び出してきた。大きな羽が羽ばたくたびに、瑠璃、赤紫、そして紫の光がきらきらとまたたく。ああっと、娘達の口から感嘆の声がこぼれた。中には蝶に手を差し出す子もいた。

だが、茜は身を引いていた。どうしてかはわからない。ただその蝶に、なんとも言えない禍々《まがまが》しいものを感じたのだ。

暗い紫の羽。闇に通じているかのような、毒々しさ。

ああ、いやだ。

目を背けかけた時だ。はたはたと飛び回っていた蝶が、さっと下降してきた。蝶とは思えないすばやさで、娘達の列を飛び越え、まっすぐ上座の若君へと向かう。

茜は総毛立った。蝶が持つ禍々しさが、一気に大きく鋭くなったのだ。その刃《やいば》のような気配は、間違いなく鷹丸へと向いている。

「危ない！」

我を忘れて立ち上がり、蝶を止めようと上座に駆け寄ろうとした。その時だ。さっと、白い光が走ったかと思うと、蝶がふいに動きを止め、次にはぐしゃりとつぶれた。

茜は息をのんだ。蝶をつかみとったのは、小さな子供の手だったのだ。

いつ現れたのか、そこに一人の少女がいた。八歳くらいだろうか。肩のあたりで髪を切りそろえ、なかなかかわいい顔立ちだ。なのに、念入りに蝶を千切っていく様子が、ぞっとさせられる。何かがちぐはぐなのだ。

着ているものも変わっていた。膝小僧が見えてしまうほど丈の短い、様々な鳥の羽根をびっしり縫いつけた着物を身につけている。だが、だいぶ古いものなのだろう。あちこち羽根が抜け落ちていて、薄汚れた白い布地がところどころあらわになっている。右側の袖もない。そのみすぼらしい恰好は、羽根をむしられた鶏のようだ。

なにより異様なのは、体のあちこちに傷を負っていることだ。むき出しになった右腕に、膝に、喉元に。古いものから新しいものまで、とにかくたくさんある。少女は、傷痕をまとっているといってよかった。

この子は傷つき、疲れ果てている。

茜は思わず手を差し伸べようとした。だが、できなかった。少女が、子供とは思えないような鋭い一瞥《いちべつ》を向けてきたからだ。ぐさりと、なぜか胸をえぐられるような気がした。

蝶を千切り終えると、少女は音も立てずに上座に移り、若君の横に立った。そこが自分の場所だとわかっている動作であった。そして、みすぼらしい異様な少女を、若君は何も言わずに受け入れたのだ。それがとても奇妙に感じられて、茜はなかなか動けなかった。

「大声をあげるなんて、無作法な子ね」

「若君に飛びつこうとするなんて、とんでもないわ」

「それに、あんなきれいな蝶まで殺してしまうなんて」

ひそひそとした、しかしあからさまな声に、茜は我に返った。とたん、血の気が引いた。しくじってしまった。座布団を蹴っ飛ばして、前に飛び出すなんて、とんでもない失態だ。若君に気に入られるどころの話ではない。もう絶対に自分が選ばれることはないだろう。両親の落胆を思うと、胃がきゅっと縮む思いがした。

もうどうしたらいいかわからず、茜はその場に立ちすくんでいた。

「みなさま、もとのお部屋にお戻りください。若君のお相手は選ばれましたから」

ぼんやりとした耳に、あの女の声がうっすらと聞こえてきた。のろのろと振り返り、茜は驚いた。女は茜にではなく、他の八人に向かって言っていたからだ。一番年長の娘がさかしげに言い返した。

「選ばれたのはどの子ですか？　教えていただけません？」

「あちらの、立っておられるお嬢様です」

「はい？」

「ですから、あちらのお嬢様です」

女はまっすぐ茜を指し示した。

一瞬の空白ののち、悲鳴まじりのどよめきが起きた。

なぜ！　どうして！

だが、誰よりも驚いていたのは、茜自身だった。

「何かの間違いだわ！　あの子が選ばれるなんて！」

「ありえないわ！」

娘達、特に年長の娘達は、猛然と女に食ってかかった。頭に血が上っているため、若君がいることも忘れてしまっている。般若《はんにゃ》のような形相に、茜はたじたじとなった。このままでは大変なことになるかもしれない。そう思った時だ。

すずやかな声が響いた。

「静江《しずえ》」

それは鷹丸の声だった。清水を思わせるような、りんとした、でも優しい声だ。たいして大きくもないのに、騒々しい叫び声をすっと抑え込んでしまった。

目を見張っている娘達の前で、静江と呼ばれた女が頭をさげた。

「はい、若君」

「その子と話がしたいんだ。他の子達をさがらせて」

それは命令だった。

すぐさま静江は、娘達を座敷から押し出していった。泣き声やののしり声が見るまに遠ざかり、座敷には若君と奇妙な少女、そして茜だけが残された。

まだ呆然と立っている茜に、鷹丸が近づいてきた。茜は慌ててひれ伏そうとした。だが、鷹丸はそうさせなかった。きゅっと茜の手を取ったのだ。その目はきらきらと光っていた。

「君、雛里《ひなり》が見えるんだね？」

「ひ、雛里？」

「そう。この子のことだよ」

鷹丸は、自分の後ろにいる少女を振り返ってみせた。

「こ、こんにちは」

茜はとっさに挨拶した。少女は無言で茜を見返してきた。あの深くて鋭い目だ。でも、どこかうつろでもある。

戸惑う茜の手を、鷹丸はさらに強く握りしめた。

「やっぱり見えるんだ！　すごいよ、君！　これまで雛里を見ることができたのは、ぼくと静江だけだったんだ。父様やおじいさまは昔見えたらしいけど、大人になったから、もう見えないいんだって！」

興奮したようにまくしたてる鷹丸は、ちまたの悪がきよりもずっとずっと幼く、純粋に見えた。

だが、茜はそれどころではなかった。茜はすっかり混乱していたのだ。

この雛里という少女は、他の人には見えない？　そういえば、さっきの娘達は茜のことは刺すように睨んでいたが、少女のほうは見ていなかった。あれは見なかったのではなく、見えなかったというのか？

ふいに怖くなって、鷹丸の手をもぎはなしてしまった。鷹丸の顔がさっとこわばった。

「……ぼくの顔が気持ち悪い？」

「まさか！　と、とんでもないです！」

慌てて鷹丸を見返そうとしたが、すでに鷹丸は目を背けてしまっていた。その口元がひくひく震えている。取り返しのつかないことをしたと、茜は胸がしめつけられる思いだった。

この時、静江が戻ってきて、淡々とした口調で告げてきた。

「他の方々には帰っていただきました。こちらのお嬢様と親御様には、これから天鶴家の方々にお目通りしていただきます。……若君はお部屋でお待ちいただけますか？」

「わかってる。外には出ないよ」

鷹丸はうなずいた。その目は茜からそらされたままだった。

茜は静江に連れられて、座敷の外に出た。長い廊下を歩きながら、茜は耐えきれずに静江に尋ねた。

「あの……あたしなんかで本当にいいんですか？」

「はい。天鶴家の鳥女《とりめ》様を見ることのできるお嬢様なれば、若君のお相手として申し分ありません」

「鳥女様？」

「雛里様のことです。雛里様のことは、もう若君からお聞きになりましたか？」

茜がうなずくと、静江はゆっくりと話していった。

「雛里様は、天鵺家の御曹司をお守りする、鳥女と呼ばれる守り神様なのです。鷹丸様だけでなく、代々の若君をお守りしてきました。稀《まれ》なる存在ゆえに、あの方の姿を見ることのできる者は少ない。だからこそ、鷹丸様の遊び相手には、雛里様のことも見ることができるお嬢様をと思ったのです」

「それじゃあ……普通は雛里様が見えないってことですか？」

「はい。雛里様のお姿を見ることができるのは、霊力が強い者だけなのです」

それなら自分はあてはまらないと、茜は反論した。

「あたしには霊力なんてありません。幽霊なんか一度も見たことないもの」

「……死者の霊を見ることばかりが霊力ではありません。霊力には様々な種類があるのです。茜様には強い生命力がおありです。茜様はまぎれもなく特別な方なのですよ」

特別と言いながらも、茜に対する口調は淡々としたものであった。

いったい、この人は何者なのだろう？

茜は改めて静江を見た。着ている着物は、色柄こそ地味だが、仕立ても素材も上等のものだ。一介の女中にはまず見えず、だからといって天鵺一族の者にも見えない。

静江はどこか風変わりな雰囲気を持っていた。威厳があり、同じ年頃の女達よりもずっと落ち着きが備わっている。他人とは一線を引いている、それどころか人間というものから一線を引いているような、そんな感じがするのだ。

茜の視線に気づいたかのように、静江が初めてうっすらと笑った。

「私は静江。天鵺家にお仕えする者でございます。どうぞよしなに。茜様」

名前を呼ばれて、茜はなぜかぞっとした。自分の中の一部が静江に囚われた。そんな気がしたのだ。

## 2

奥の間で、茜は両親と合流した。二人の満面の笑みを受けて、茜もようやく選ばれたことへの喜びがわいてきた。こんなに嬉しそうな父と母を見るのは、ひさしぶりだ。

と、そこに四人の人物が入ってきた。慌ててかしこまる茜達に、静江が四人を丁重に紹介していった。

まず紹介されたのはかくしゃくとした老人で、名は天鵺燕堂《えんどう》。天鵺家の当主だ。いかめしい風貌に、銀ねずと鉄さび色の渋い和服がしっくりと合っている。

次に紹介されたのは燕堂の息子の椋彦《むくひこ》と、その妻ぬい。鷹丸の両親である。

まだ三十代の椋彦は、際立って端整な顔立ちをしていた。父親と違って、近代的なものが好みらしく、濃紺の背広をさっそうと着こなしている。かっちりと髪をかためたところが、いっそう男ぶりをあげている。自信にあふれた顔であり物腰だ。

ぬいは京人形を思わせる品のいい美貌の持ち主で、おしどりのつがいが描かれた空色の着物がよく似合っていた。少し古風な形の髪形も、ぬいの面立ちには少しも時代遅れには見えない。椋彦と並んでいると、それこそ一枚の絵のようだ。が、その目はひどく冷ややかだった。

どちらも若君とはあまり似ていないなと、茜は思った。

最後の一人は二十代後半の女であった。黒地に白い蔦《つた》模様の着物と、金茶色の亀甲《きっこう》柄の帯という粋《いき》な装いをしているのだが、着こなしはだらしなかった。襟元がくずれ、袖口がまくれあがって襦袢《じゅばん》が見えている。

女自身、しまりのない表情をしていた。本来ならばぬいを上回るほどの美貌が、病んでいるような目と、半開きになった口のせいで台無しだ。大きな人形を大事そうにかかえこみ、茜達には見向きもしなかった。

これが天鵺千鳥《ちどり》。燕堂の娘で、椋彦の妹だという。鷹丸にとっては、叔母にあたるわけだ。

それで終わりだった。

これほど広い屋敷に、これしか天鵺家の人達がいないなんて。

茜が驚いている間にも、燕堂らはてきぱきと、そして尊大に話を進めていった。

話の内容は驚くべきものだった。彼らはなんと、茜を養女としてよこせと言ってきたのだ。そのほうがより天鵜家のしきたりに沿うからだという。

突然の話に、茜の両親もさすがに絶句した。しどろもどろに「そんな話は聞いていないのですが」と反論したが、燕堂に一蹴された。

「くどくど言うでない。娘は天鵜家の者になれるのだ。うだつのあがらぬ商家の沖野《おきの》家には、もったいないほどの話ではないか」

「そ、それはもちろん、ありがたいかぎりですが……」

「そうだろう？　ありがたいだろう？　ああ、心配するな。娘をもらうからには、そちらには十分に見合うものを差し出す。それでよかろうが」

父親の顔にぴりっと怒気が走るのを、茜は見た。ひやひやした。ここで燕堂の機嫌を損ねるわけにはいかないのに。

と、椋彦がやんわりと口をはさんできた。

「おじょうさんをうちの子にしたい。ただそれだけなのですよ、沖野さん。うちは見てのとおり、だだっ広いばかりの寂しいところだ。このかわいいおじょうさんに来てもらえれば、どれほど慰められるかしれない」

ただねと、椋彦は付け加えた。

「我が家に迎えるからには、それを徹底したいのですよ。茜さんにはうちの水に慣れてもらいたい。もちろん、沖野さん達とおじょうさんの間を完全に断ち切ろうなんて、そんなことは思っていません。むしろ、沖野家とはこれより何かと懇意にさせてもらおうと思っています。ただ茜さんが当家の娘になったことを、沖野さん達が理解してくれればそれでいいんです。わかってもらえますか？」

つまり、今後茜に関して口出しはいっさい無用だと、暗に言っているのだ。

沖野夫妻はさすがにすぐには返事をしかねた。切羽詰まっているのは本当だが、これではまるで娘を売り渡すようではないか。親の意地にかけて、今この状況でうなずくことはできない。たとえ、誰が相手であろうとだ。

夫妻と天鶴一族との間に、無言の火花が散り始めた。じくじくと嫌な空気が広がっていく。

茜は、胸がふさがってくるような圧迫感を覚えた。このままでは絶対によくないことが起きる。自分がなんとかしなくては。今この状況を変えられるのは、自分だけなのだから。

茜は勇気を振りしぼって、行動に出た。大人の話に口を出してはいけないという暗黙の決まりを破り、父の袖を引いたのだ。

「父様。あのね……あたし、この家の子になってみたいな。こんなすごいところに住めたら、夢みたいだもの」

わざと舌っ足らずにねだった。幼い子供のように、わがままを言ってみせたのだ。

「茜……」

父の目が複雑に揺れ動いた。言ってほしかった言葉を娘が言ってくれたことへの喜び、そして後ろめたさに。母の目にも涙が浮かんだ。

燕堂が勝ち誇ったように笑った。

「なんと。娘のほうが物分かりがよいではないか。よい娘だな。まこと天鵜家にふさわしいわえ」

耳障《みみざわ》りな笑い声に、茜は内心顔をしかめた。嫌な笑い方をする老人だ。それに穏やかそうに見える椋彦も、先ほどから我関せずと黙っているぬいも気に入らない。なんだかこちらを見下している。

と、椋彦の妹の千鳥が、抱いていた人形から顔をあげた。どんよりとした目で茜をとらえるなり、千鳥は低い声で言った。

「かわいそうに。その娘は死ぬわ」

「千鳥！」

血相を変えて、椋彦が千鳥の肩をつかんだ。だが、千鳥は茜から目を離さずにつぶやき続けた。

「死ぬ。じきに死ぬ。鷹丸のまわりには死が飛び交《か》っているんだもの。ひらり、ひらりと。まわりの人間を身代わりにして、鷹丸は生き延びるのよ。かわいそうに。その娘も助からない」

「黙らないか！」

椋彦に怒鳴りつけられると、千鳥はふいに顔をくしゃくしゃにして、人形に顔をうずめてすすり泣きだした。

「かわいそうに。こるり。私のこるり」

舌打ちをして、椋彦は妻に目を向けた。ぬいはうんざりした様子で、千鳥を外へと連れ出した。

硬直している沖野家の三人に、燕堂は言い訳がましく言った。

「四年前に娘のこるりを亡くしてから、少しおかしくなっていてな。心配するな。害はない」

「し、しかし……あの、娘が死ぬとは……」

「あれは誰かれかまわず捉まえて、死をささやくのだ。気にするな。ともかく、とっとと面倒な手続きをすませてしまおう。そちらが満足するよう、取り計らってやる。それがすんだら帰ってよいぞ」

ただし、娘は残していけよと、燕堂はぐさりと釘をさした。

「今日より、茜は我が天鵺家の娘なのだからな」

にっと、歯ぐきを見せつけるようにして、燕堂は笑った。人食いのごとき笑みだった。

茜は頭がくらくらした。ここはとんでもないところなのかもしれない。だが、両親のためにも、おびえを顔に出すことはできなかった。

少女が必死で踏ん張っていると、静江が口を開いた。

「大旦那様。茜様をお部屋に案内したいのですが、よろしいでしょうか？」

「ああ、そうしてやれ。鷹丸とも改めて引き合わせるといい」

「はい。さ、茜様。こちらへ」

半ば強引に手をひかれ、茜は歩きだした。母親が慌ててすがってきた。

「あ、茜……」

「大丈夫よ、母様」

安心させたくて、茜は笑みを向けた。

大丈夫。だって養女になるだけで、二度と会えなくなるわけじゃないんだもの。平気よ、母様。父様もそんな顔しないで。

両親が言ってもらいたがっているせりふを言い、両親が見たがっている笑顔を見せた。

そんな茜に、両親はもはや何も言えなかった。

かわりに声をかけてきたのは、天鵺椋彦であった。

「よろしく頼むよ。鷹丸と仲良くしてやっておくれ」

「はい」

うなずきつつ、どうもこの男は好きになれないなと、茜は思った。彼には、傲慢《ごうまん》な燕堂とはまた一味違う薄気味悪さがあった。すっきりと整った容貌の下には、何かどす黒いものがうごめいているように思えてならない。

この家で唯一まともな感じがするのは、若君だけだ。

そう思ったとたん、悲しくなった。その若君に、茜は嫌われてしまったのだ。これからの毎日は、きっととても寂しいものになるだろう。でも、弱音を吐くことはできないのだ。

内心、歯を食いしばり、顔には笑みをはりつかせたまま、茜は座敷を出た。

静江は、屋敷の奥へ奥へと茜を連れていった。いったいどれほど広いのだと、茜はあきれはてた。こんなに広くては、掃除も大変だろうに。

だが、すぐにその心配は無用だとわかった。途中、何人もの女中や下男とすれ違ったからだ。彼らは茜達を見ると、無言で頭を下げてきた。

いったい何人ぐらい雇っているんだろうと思った時、静江が足を止めた。

「ここがあなたのお部屋です」

そうして開かれた戸の向こうには、贅沢《ぜいたく》な部屋があった。

茜はびっくりしてしまった。重厚な感じのする和室ではあったが、あちこちに置かれているのは、どっしりとした西洋家具や色鮮やかな調度品の数々だ。さながら華族か異人用の来賓室《らいひん》のようだ。こんな豪華な部屋が自分のものだなんて、すぐには受け入れがたかった。

目を点にしている茜に、静江はなんでもないことのように平坦な声で言った。

「茜様にはできるだけ若君のおそばにいていただきたいので、若君の隣にお部屋を用意させていただきました」

「じゃ、隣に若君が？」

「ええ。あとでお連れいたします。その前に、いくつかこの家の決まりごとをお話しいたします」

静江の声にいかめしさが加わったので、茜は思わず背筋をしゃんとのばした。

身構えている茜に、静江はゆっくりと決まりごとを話していった。

「まず、勝手にこの屋敷から出ないでいただきたいのです。たとえ、下の天蓏村に行く時であれ、必ず私に一言言ってからにしてください。お庭で遊ぶのはかまいませんが、石垣の外に出るのはいけません。よろしいですね？」

「は、はい」

「このお屋敷の後ろには、深い森があります。黒羽《くろは》ノ森と呼ばれ、昼間でも暗く恐ろしいところです。あそこでは何人も死んだり、行方不明になったりしています。だから、どんなことがあっても、この森には入らないでください。若君を近づけることも許されません。これもよろしいですね？」

「はい」

「若君は病弱であらせられます。これは天鵺家の特徴とも言えるのですが。若君を激昂《げっこう》させるようなことは控えてください。とっくみあいの喧嘩などは論外です」

「そ、そうですよね」

「若君の様子が少しでもおかしくなったら、すぐに人を呼んでください。屋敷のどの部屋にも、鈴がついた紐があります。それを強く引っぱれば、すぐに誰かが駆けつけますから」

「はい」

茜は自分の役割を理解した。つまり、茜は遊び相手兼乳母役なのだ。この家の子になったといっても、それは建前で、茜は変わらずによその子、沖野家の子なのだ。それがわかり、いっそ気が楽になった。

ふいに、静江の顔が怖いほど真剣になった。

「茜様。最後に一つ、お願いしたいことがあるのです」

「なんですか？」

「どんなことがあっても、若君に虫を近づけないでいただきたいのです」

「虫を？」

冗談かと思ったが、静江の目は激しくぎらついていた。

「そうです。虫を見たら、すぐに殺してください。ことに蝶はいけません。どんな蝶であろうとです。お願いできますね？」

最後の「お願いできますね」という声には、脅すような力がこもっていた。茜はあとずさりしそうになりながらも聞き返した。

「で、でも……どうしてですか？　どうして蝶や虫を殺さないといけないんです？」

「このあたりの虫は毒性が強いのです。特に蝶は恐ろしい。瘴気《しょうき》の強い黒羽ノ森で育つせいなのでしょう。羽からふりまかれる毒粉に触れると、たちまち肌はただれてしまう。肌の弱い若君には命取りとも言えます」

若君の顔のただれを思い出し、茜はぶるっと震えた。

しかし、それならなぜ、静江は先ほど若君の前で蝶を放ったのだろう？　蝶が危険ならば、絶対にそんなことをするべきではないのに。

茜の疑問に気づいたのか、静江はうなずいた。

「先ほどのあれは、儀式です。あの蝶に不吉さを感じる方がいるか、見定めるためのもの。雛里様が退治してくださるとわかっていたからこそ、あえて蝶を放ったのですよ」

鳥女《とりめ》の雛里は常に鷹丸を守っている。それでも油断はできないのだと、静江は言った。

「庭に蝶の嫌う草木を植え、昼夜を問わず虫除けの香をたいているのですが、気がつくと屋敷に入りこんでいる。本当に困ったものです。毒蝶のせいで亡くなられた天鵺家の方は多いのですよ。天鵺一族が鳥にちなんだ名前をつけられるのも、虫を寄せつけぬようにという、魔除けからなのです」

ああっと、茜は納得した。

若君は鷹丸。父親は椋彦、叔母は千鳥、祖父は燕堂。確かに全員、鳥にちなんだ名前だ。例外はぬいだが、これはきっと外から入ってきた嫁だからだろう。

色々納得すると、心に余裕らしきものが生まれてきた。茜は静江を見た。

「他に気をつけなくちゃいけないことはありますか?」

「……………」

静江はなぜかしばらく沈黙していた。が、やがて重々しく言った。

「天鵜家の一員となられた以上、茜様には様々なしきたりを守っていただかなくてはなりません。なぜなら、この家のしきたりは、魔除けを意味するものだからです」

「魔除け？」

「はい。天鵜一族は早死にする者、病弱な者が多いのです。今現在、直系のお血筋で残っておられるのは、たったの四人だけ。だからこそ、数々の魔除けで身を守ろうとしておられる。……戸惑うことも多いかもしれませんが、それらは全てこの家を守るためのもの。面倒かもしれませんが、従ってください」

口調は柔らかでも、有無を言わせぬ強さがこもっていた。

茜はふたたびかすかな恐怖に囚われた。天鵜家というものが、一匹の生き物のように思えてきた。病み衰え、死にかけ、それでも生き延びようと、必死であがいている醜い生き物。その生き物の一部に、茜もなってしまったのだ。

ごくりとつばを飲み込む少女に、ふいに静江が笑いかけてきた。親しみはないが、礼儀正しい笑顔であった。

「今日はこれくらいにしておきましょう。さ、こちらへ。若君の部屋へご案内します」

若君の部屋は茜の部屋の倍以上あり、その調度品の豪華さは三倍以上であった。あまりの物の多さ、それらのきらびやかさに、茜はめまいがしそうだった。

部屋は遊戯室にもなっていた。数々の、茜にとっては見慣れぬおもちゃがあちこちに散らばっている。手のひらにのるような鹿や熊や兎《うさぎ》の陶器に、変わった形の太鼓や笛、本物そっくりの小さな帆船や馬車のおもちゃ。異国の絵草紙や本も山ほどある。まるで別世界のようだ。

若君は大きな椅子に座っていた。色鮮やかに彩色された大きな本を持っている。茜を見るなり、ぷいっと顔を背けてしまった。先ほどのことで、まだ茜のことを怒っているのだろう。茜は気持ちが沈んだ。

静江が声をかけた。

「若君。こちらは茜様です。今日より天鵺家の一員となられました。若君と同い年でいらっしゃいますが、妹君と思って、仲良くしてさしあげてください」

「妹?」

ちょっと驚いたように鷹丸はこちらを見た。どうやら、そういうことになるとは聞かされていなかったらしい。目が合ったところで、茜はすかさず頭を下げた。

「よろしくお願いします」

鷹丸の色白の頬がすうっと赤くなった。片面だけとはいえ、雪の中の南天のように美しかった。

「う、うん。わかった。仲良くするよ。妹、だものね」

そっけなく言おうとするものの、鷹丸の声には抑えきれない喜びがにじんでいた。かわいそうにと、茜は思った。これだけのおもちゃがあっても、若君はきっと寂しかったのだ。だから妹ができたと聞いて、とても喜んでいる。

仲良くしようと、茜は心に決めた。

見つめあう子供らを残して、静江はそっと部屋を出て行った。

二人きりになると、茜はおずおずと若君に近づいた。若君は黙って茜がやってくるのを待っていた。顔がますます赤くなっているのは、茜以上にどきどきしている証拠だろう。ようやく目の前までやってきた。でも、ここから先はどうしたらいいだろう？　何から始めたらいいのだろう？　ああ、若君が何か言ってくれればいいのに。

だが、若君を見て、若君のほうこそそれを望んでいるのだと、茜はわかった。若君の顔には激しい期待と、それと同じほどの不安が浮かんでいたのだ。

話の突破口を開くために、茜はとっさに若君が持っている本を指さして言った。

「きれい、ですね」

お世辞ではなく、本は本当にきれいだった。しっかりとした装丁で、表紙の四辺を緑の蔦と青と桃色の花模様がぐるりと取り囲んでいる。その中心には、金色の髪をなびかせた異国の若者が、輝くような白馬にまたがっているのが描かれていた。

「あ、う、うん！」

期待していたとはいえ、実際に茜に話しかけられたことが相当の驚きだったのだろう。若君はびくんと体をこわばらせた。それから、たどたどしく言葉を連ねてきた。

「お、おじいさまが買ってきてくださったんだ。い、異国の船に、乗って、きたんだって。書いてあることはわからないけど、向こうのおとぎ話だと思う。その、絵がきれいだから、ぼくのお気に入りなんだよ」

「そうですか。すごいですね」

「うん。うん」

「………」

どうにも会話が続かず、茜も若君も困って顔を見合わせた。もう少しで何かが通いあいそうなのに。お互いの遠慮と気恥ずかしさが、それを邪魔している。

二人はしばらく黙って、お互いの間にある本を見下ろしていた。

ふと、茜はつぶやいた。

「きれいな馬ですね、これ。こんな馬に乗ってみたいです」

「茜は馬に乗りたいの？　女の子なのに？」

「はい。だって、馬はかっこいいですもの。それに、昔は、馬に乗って戦いに行った女の人もいたそうだし。若君は？　馬に乗ったことありますか？」

「ううん。実際に見たこともないよ」

ちょっと寂しげに笑ったあと、ふと若君が思いついたように聞いてきた。

「本物の馬はないけど……木馬ならあるよ。乗ってみるかい？」

びっくりする茜に、若君は部屋の隅を指差した。確かに、そこには木馬があった。これまた舶来物らしく、本物そっくりに彫りだされ、きちんと手綱や鞍《くら》がつけられている。

その空の鞍を指さして、若君は茜をうながした。

「ほら。乗ってごらんよ」

こうなると、俄然《がぜん》おてんばの血が騒ぎだす。振袖の裾がめくれるのも気にせず、茜は木馬にまたがってみた。乗ってみると、けっこうぐらぐらする。

「体を前後に揺するんだ」

「こう、ですか？」

言われたとおりに揺すると、木馬が動きだした。前に後ろに揺れていく。まるで本物の馬に乗っているような気分だ。

茜は気に入り、どんどん大きく揺らしていた。ぐわんぐわんと、もう木馬は大揺れだ。

鷹丸が青ざめ、大声をあげた。

「危ない！　危ないよ、茜！　そんなに揺すったら……」

だが、間に合わなかった。鷹丸が言葉を言い終える前に、茜はするっと木馬の鞍から滑り落ち、後ろの床にどーんと投げ出されていたのだ。ひっくり返っている茜に、鷹丸が慌てて駆け寄ってきた。

「だ、大丈夫かい、茜？」

「へ、平気です」

おしりと背中がものすごく痛かったが、それ以上に恥ずかしかった。さっそく我を忘れて遊んでしまうなんて。木馬が壊れずにすんだのが幸いだ。なにより、後ろにはじかれてよかった。前に飛び出して、若君にぶつかりでもしていたら、大騒ぎになっていただろう。

一方、若君は感心したように首を振っていた。

「すごいなぁ。あんなふうに激しく揺らすなんて、ぼくにはできないよ。やったら大変だ。静江が顔色を変えて飛んでくるもの」

「ご、ごめんなさい。ごめんなさい」

恥じ入っている茜に、鷹丸は微笑んだ。

「いいんだよ。茜。怪我しなかったんなら、それでいいんだ」

少女と少年の目と目が合った。とたん、二人はどちらからともなく笑いだしていた。なんだか、たまらなくおかしかった。笑いが止まらない。

それまでの奇妙で気まずい空気が、一気に取り払われた。言葉に出さずとも、互いにわかった。自分達は友達になったのだと。

不思議なことに、この時には茜は若君の顔のただれがそれほど気にならなくなっていた。それどころか、若君がごくごく普通の子供に見えてくる。

この子はいい子だ。

そう思った矢先のことだ。鷹丸がまた笑った。それまでとは違う、どこか暗いものを含んだ笑みだった。

「茜は本当に天鵜家の人間じゃないんだね。こんなに元気な人は、うちにはいないもの。茜なら……きっと大丈夫だ」

「大丈夫って、何がですか？」

鷹丸は答えようとしなかった。悲しそうに顔を歪める。

「若君？」

「言いたくない。言ったら、きっと……茜は逃げてしまうもの」

かたくなに唇を噛みしめる鷹丸。その姿は痛々しかったし、何かにおびえているようでもあった。これほど屋敷の奥で守られている若君が、いったい何を恐れるというのだろう？

守るという言葉に、茜は別のことを思い出した。話題を変えるためにも、それを口にした。

「若君、あの、さっきの雛里様は？　どこにいるんですか？」

「ああ、雛里に会いたいの？　そうだね。茜はぼくの妹になったんだから、雛里にも慣れてもらったほうがいいよね」

雛里と、鷹丸が呼んだ。

ふわっと、鷹丸の横にあの少女が現れた。忽然《こつぜん》と、空気の中から現れたのだ。

茜は高鳴る胸を手で押さえながら、少女を見つめた。奇妙な身なりと全身の傷さえなければ、愛らしい少女に見えたことだろう。だが、目を見ると、はっとさせられる。長い年月、天鵺家の御曹司《おんぞうし》を守り、御曹司を傷つけるものと戦ってきたせいなのか。そこにはうつろで、猛々《たけだけ》しく、油断のない闇が宿っている。

人の姿を持つ、だが人ではないもの。それが、この鳥女と呼ばれる存在なのだ。

そういう存在に対するのは初めてで、茜はどうしたらいいかと戸惑った。だが、なんであれ、挨拶が肝心だと思い、勇気を出して雛里に話しかけた。

「は、はじめまして、雛里様。あたしは茜といいます。あの、よろしくお願いいたします」

茜の挨拶に対し、雛里は無表情を返してきた。口を開こうともしない。嫌われているのかとたじろいだが、若君がこともなげに言ってきた。

「雛里は口をきかないよ。声がないんだ」

「声がない……」

「うん。いつでもぼくのそばにいてくれるけど、遊ぶこともしない。雛里はそういうものなんだ。雛里のことは気にしなくていいよ。空気みたいなものだと思えばいいから」

今度こそ茜は絶句した。静江は、雛里は鷹丸を守る守り神だと言っていた。その守り神を、空気みたいなものと言い切るなんて、とても信じられないことだ。あまりに罰当たりではないだろうか?

だが、若君には悪意は感じられない。本当に心からそう思っているだけなのだ。それがいっそう気味悪く感じた。そして、これほどのことを言われても、まったく表情が変わらない雛里も、どこかが狂っているとしか思えない。

ぞくぞくするものを必死で抑えている茜に、鷹丸は無邪気に笑いかけた。

「ねえ、茜はすごろくは好き? 二人でやらないかい?」

茜がうなずくと、鷹丸はいそいそとすごろくの用意を始めた。

## 3

そのまま一日、茜は若君の部屋で過ごした。若君とすごろくをしたり、かるたとりをしたり。

若君は終始ご機嫌だった。

「やっぱり茜がいるといいね。女中達と遊ぶより、ずっと楽しいよ」

そう言われると、茜も悪い気はしなかった。かるたで連勝したところ、若君に「次は負けてよ」と、当然のように言われたのにはあきれたけれど。

世間知らずなためか、若君は見た目だけでなく、言動も幼かった。まるで十歳の子供のようだ。

今日は初日なので言うことを聞いてやることにしたが、次からはきちんと遊びの決まりというものを教えてやろうと、茜は決めた。

やがて、静江が部屋に入ってきて、「そろそろ夕餉《ゆうげ》の時間です」と告げた。開かれた戸の向こうから、だしやみそ汁、焼き魚などのよい匂いが、ふわっと漂ってくる。

もう食事の時刻なのかと、茜は思った。この部屋は完全に建物の内部にあるため、窓がなく、日の光で時を計ることができないのだ。だが、言われてみれば、確かに空腹だ。漂ってくる料理の匂いに、ますます空腹感が募ってくる。

小鼻をふくらませる茜とは反対に、鷹丸はつまらなそうな顔になった。

「今ちょうど、おもしろいところだったのに。もう少し遅くできないのかい、静江?」

静江がなだめるように微笑んだ。

「夕餉が終わりましたら、また存分にお遊びくださいませ。今日は若君のお好きな甘露煮《かんろに》もございますよ。たくさん召しあがってください」

「ふうん」

気乗りのしない様子から、鷹丸はあまりお腹がすいていないらしい。きっと食が細く、食べ物にそれほど興味がないのだろう。

と、静江が茜のほうを向いた。

「茜様も、ご自分のお部屋にお戻りください。すぐに茜様のお膳を運ばせますので」

これには心底驚き、茜は思わず聞き返した。

「あの、天鵺のみなさまは一緒にごはんを召しあがらないのですか?」

「この家では、それぞれご自分の部屋で食事をされるのがならわしとなっております」

なんと変わっているんだろうと、茜はあきれた。

茜の家では、どんな時でも家族そろって食事をする。たとえ、おかずがどんなにつつましかろうと、それはとても温かくて、家の中で一番豊かな時間だというのに。この家では、その豊かな時間を家族で分け合うことをしないのだという。

なんて寂しいんだろう。

そんな思いが露骨に顔に出ていたのだろう。鷹丸がささやいてきた。

「茜の家ではみんなで食事をするのが、当たり前なのかい?」

「はい。それが普通だと思っていました」

「そうか。それなら……ぼくと一緒に食べようか?」

若君の気遣いが嬉しくて、茜は思わずにっこり笑いかけた。とたん、鷹丸の顔が赤くなった。

照れ隠しのように、鷹丸は早口に静江に命じた。

「茜のお膳をここに運んできて。一緒に食べるから」

若君の言葉は絶対なのだろう。静江はあっさり承知し、しばらくしてから数人の女中達と共に、料理の膳を運んできた。

女中達はまず大きな西洋の円卓に鷹丸用の膳を置き、それから茜の膳を並べた。

膳の中身を見て、茜は苦笑してしまった。ざっと見ただけでも、若君のよりも四品は少ないし、盛り付けも若君のものに比べれば雑な感じだ。器だって、かなり質が落ちるものが使われている。

それでも、不服とは思わなかった。若君よりも落ちるとはいえ、料理は十分豪華だったし、自分と若君の立場の違いはわかっていたからだ。

昔から、跡継ぎの男子は、他の兄弟とは別格に扱われるのが普通なのだ。天鵺家のような旧家では、そうしたならわしが余計に顕著なのだろう。

茜は当たり前のこととして受け入れた。納得しなかったのは、鷹丸のほうだ。茜の膳を見るなり、少年の眉間にきゅっとしわが寄った。

「どうして茜とぼくの膳が違うんだい、静江?」

「若君と茜様とでは、召しあがるべきものが違うからでございます」

静江の答えはよどみなかった。

「若君には、お体によい薬膳を用意いたしました。健康な茜様には、恐れながら必要ないものかと」

だが、若君は丸めこまれなかった。怒りをはらみ、声が甲高くなった。

「茜はぼくの妹なんだから、ぼくと同じものを食べるべきだ。同じものを持ってきて。さもないと、ぼくは一口だって食べないから」

茜は慌ててやめさせようとした。この家に来て早々、静江達を敵に回したくはない。

「わ、若君。あたしはこれで十分です」

「よくない。茜がよくても、ぼくがいやだ！」

若君が本気だと気づいたのか、静江は引き下がった。

「わかりました。今すぐお持ちいたします」

彼女達が出ていくと、茜は不安にかられてささやいた。

「静江さん、怒ったんじゃないでしょうか？」

「まさか。静江はぼくの言うことにいちいち怒ったりしないよ」

若君は自信がある様子だった。実際、戻ってきた時、静江の顔には怒りや苛立ちなどはかけらもなかった。

そうして、まったく同じ膳が運ばれてきて、子供達はようやく食事にありついた。料理はどれもこれもおいしかったが、茜はあまり味に集中できなかった。静江が鷹丸にぴったりとはりつき、如才なく給仕をしていたからだ。

そして、鷹丸はそれを当たり前のものとして受けていた。誰かの給仕なしに食事をしたことがないのだと、その様子からわかった。

天鵝家というのは、つくづく茜の常識からははずれているらしい。これからうまくやっていけるかしらと、首をかしげかけた時だ。茜はやっと大事なことを思い出した。

口の中の煮物を飲みこみ、茜は静江に尋ねた。

「静江さん。あの、あたしの両親は?」

「もうずいぶん前にお帰りになられました」

「えっ!」

茜の手から箸がこぼれた。静江がなだめるように言った。

「ご心配なく。手続きはつつがなくすんでおりますから。あなたは正式に天鵝家の養女になられたのでございますよ」

そんなことを言っているんじゃないという叫びを、茜は必死で飲みこんだ。

いくらなんでも、今日はもう一度両親に会えると思っていた。なにより、家に戻れると思っていた。家に戻って、荷物をまとめて、ばあやや近所の友達にちゃんと挨拶をして。茜にはそうする権利があったはずだ。何もかもが、自分が知らないところで勝手に決まってしまうなんて。こんなのはあまりに理不尽だ。

茜の目に悔し涙が浮かぶのを見たのだろう。静江はやんわりと目線で茜を押さえつけてきた。

若君のお食事中ですよ。無様な真似はおやめなさい。

その目はそう言っていた。そして、それに逆らえるほど、茜は強くはなかった。

あきらめて箸を拾い直した時だ。静江が表情を和らげて言ってきた。

「天鵜家の方となられた以上、そうそうご実家と行き来はできないでしょうが、お手紙などをお書きになっては？　お父上もお母上も喜ばれましょう」

「そう、ですね。そうします」

少なくとも手紙のやり取りはいいのだと、茜はほっとした。

と、若君が無邪気に声をあげた。

「やっぱり誰かと一緒に食べるのは楽しいな。これからはいつも茜と食べる。そうするからね、静江」

「かしこまりました」

「茜。ほら、もっとたくさん食べないとだめだよ。大きくなれないよ」

いつも言われているであろうせりふを、鷹丸が嬉しそうに言う。

笑い返したところで、茜ははっとした。鷹丸の背後に、雛里が幽霊のように立っていることに気づいたのだ。茜は思わず話しかけた。

「雛里様。何かお食べになりますか？」

雛里が茜を見た。あいかわらずの無表情だが、かすかに目が揺れていた。思いがけないことを言われたと、戸惑っているかのようだ。

首をかしげる茜に、静江が笑って言ってきた。

「茜様。雛里様は鳥女《とりめ》様。人ではございません。人のように、食べ物を召しあがることはないのでございます。どうぞ雛里様のことはお気になさらず、召しあがってください」

「あ、は、はい」

余計なことをしたのだと、顔を赤らめつつも、茜は違和感を覚えた。静江の口調に冷淡なものを感じたのだ。

神だ神だと言いながら、雛里に対する扱いはぞんざいな気がする。まるで少しも気にかけていない、敬《うやま》ってなどいないかのようだ。

いや、きっと気のせいだ。今日一日で、あまりにも色々なことが一度に起こってしまった。だから、やたらと疑り深くなって、あれこれ気になったりするのだろう。

『きっと、これから慣れていくんだ。今は不思議でも、そのうち、これが普通だと思えるようになるはずだわ』

そう思いながら、茜は海老のしんじょを口に運んだ。

# 4

茜が天鵺屋敷に来てより十日が経った。

この十日間、茜が若君以外の天鵺家の人達を見かけることはなかった。燕堂と椋彦はそれぞれ仕事で忙しいらしく、椋彦の妻のぬいは、芝居だ茶会だと、せっせと帝都へと遊びに出かけているらしい。千鳥のことはまったくわからない。とにかく姿も気配もないのだ。茜はものの見事にほったらかしだった。養女にまでしたくせに、天鵺家の人達は茜にはまったく関心がないようだ。

彼らのかわりに茜にからみついてきたのは、数々のしきたりだった。

例えば、夜の間に吸い込んだ悪いものを清めるために、朝は朝餉《あさげ》の前に必ず水を一杯飲まなければならない。

蝶やとんぼといった虫模様のついたものは、たとえ手ぬぐいであろうと、身につけてはならない。

庭などに飛んでくる鳥は大事にし、傷つけたり追い払ったりしてはならない。鳥の名前を持つ天鵜家には、鳥は縁起のよいものだからだ。

同じ理由から、猫や蛇は絶対屋敷に入れてはならなかった。それらの動物は鳥を食べるからだ。沖野の家から茜の荷物が届いたのだが、その中にあったお気に入りの猫の置物も、部屋に置くことは許されなかった。

万事がこんな感じであった。

しきたりは、屋敷で働く使用人達をも縛っていた。

主人達から話しかけられるまで、自分達から話しかけてはならない。目を合わせてはならない。

口笛を吹いてはならない。

外から戻ってきた者は、玄関口で塩をかけてもらうまで、屋敷の中に入ってはならない。

鶏肉を使った料理は、いっさいこの屋敷では作ってはならない。

だが、一番の厳命は、虫は見つけ次第殺せというものだった。天鵜家の人々は、虫を魔物か何かのように忌み嫌っているらしい。外に追い出すくらいではなまぬるい。必ず殺せというのだ。

だからここの使用人達は、分厚い紙を折りたたんで扇子のようにしたものを、いつも帯の間に差しこんでいる。

茜も、一つ渡された。

「虫を見つけたら、手で触らずに、これで叩き潰してください。もしもの時のため、いつも肌身離さず持っていてください」

言いつけどおりに持ち歩いてはいるが、茜はまだ一度も使っていない。こんな山に囲まれた、しかも屋敷の背後には黒羽ノ森があるというのに、屋敷内では驚くほど虫を見かけなかったからだ。

黒羽ノ森！

思い出して、茜は身を震わせた。先日初めて裏手に回り、かの森を目にしたのだ。以来、その姿が忘れられなかった。

黒々とした森だった。それほど大きなものではないらしいが、放つ気配が異様だった。禍々《まがまが》しくふくれあがった闇。悪意。憎悪。森から発せられる邪悪なものが、じわじわと黒紫色に光りながら空気に溶けこんでいるようだった。

森と屋敷とを隔てる石垣に、びっしりと魔除けの紋様が赤く描かれていたのを思い出す。みんなが恐れるのも無理はない。あれは、魔の森だ。あんな森のすぐ近くに住んでいるから、天鵺家の人達も神経質になっているのではないだろうか。

『お金持ちなんだから、もっといい場所に住めばいいのに。そうすれば、面倒くさいしきたりも、もっとずっと少なくなるんじゃないのかしら？』

ここの人達は変わった人ばかりだと、茜は思う。

変わっているといえば、静江もその一人だ。使用人達を束ね、実質的に天鵺屋敷を取り仕切っている女中頭のような存在。午前中は若君と茜に勉強を教えてくれる。博学で、見事な字を書くところから見ても、かなりの才女であることは間違いないだろう。

にもかかわらず、静江には人間離れしたところがあった。そのまなざしはいつも、どこか別のものに向けられているようだった。穏やかそうでありながら冷淡な感じがし、普通に話すことはできても、打ち解けることはできない。

茜は静江の前ではできるだけおとなしく、お行儀よくして、彼女の手をわずらわせないように気をつけた。静江のことが怖かったのだ。

だが、その静江ですら、雛里に比べればまともといえた。なんといっても、静江は人で、雛里はそうではなかったからだ。

雛里。天鵺一族の守り神。鳥女《とりめ》様と呼ばれるもの。人の姿をした、人ではないもの。その姿は気配なく現れたり消えたりする。

現れている時は常に若君のそばを離れず、笑うことも話すこともなく、ただ若君を見つめている。まるで幽霊のようだ。それでいて、体が透き通っているわけでもなく、茜にはその姿がはっきりと見える。ただし、他の人間の目には映らない。若君が最初に言ったとおり、この屋敷で雛里のことが見えるのは、茜と若君、そして静江だけのようだ。

鷹丸も静江も、雛里のことは気にしなくていいと言っているが、茜としてはそうもいかない。好奇心もあるが、それ以上に傷だらけの雛里のことが哀れに思えてしかたがないのだ。

だから、雛里が現れた時は必ず挨拶をしたし、見えている間は何かと声をかけるようにした。雛里は返事はおろか、まなざしを返すことすらしなかったが。

天鵺家の人々の態度やしきたり、雛里のことを考えていると、自分のほうが常識外れなのだろうかと、混乱してくる。

この屋敷自体になじめないことも、茜が落ち着けない原因の一つだった。何日経っても、他の家に世話になっているという感覚が薄れないのだ。与えられた部屋に自分の荷物を置き、好きなように整えてもみたのだが、だめだった。ここには自分の居場所がないと、思い知らされた。

時々、この大きなお屋敷の全てが憎たらしく怖く思えてきて、胸がむかむかしてくることがあった。そうなると、無性に沖野の家が恋しくなる。安らぎに満ちた、安全な我が家。

そこに逃げこみ、両親に守ってもらいたくなる。恋しくて恋しくて、何度か衝動的に外に飛び出しそうになったくらいだ。

それを思いとどまったのは、ひとえに鷹丸のためだった。

『若君を一人にしたら……かわいそうだもの』

茜はあいかわらず鷹丸のことを「若君」と呼んでいた。そんなふうにかしこまらなくていいと鷹丸は言ったし、仮にも養女になった身で、同い歳の相手に敬語を使うのはおかしいのかもしれない。

だが、まわりがそうさせてくれなかった。茜が何か出すぎた真似や態度をとりそうになると、決まって誰かが咎《とが》めるような視線を送ってくるのだ。

鷹丸はあくまで目上の者。茜は所詮はよそ者で、若君とは雲泥の差があるものなのだ。まわりの大人達の無言の圧力を、茜は肌で感じ取っていた。

これで若君が鼻持ちならない子供だったら、さすがの茜もくじけていただろう。

だが、砂糖衣に包むように甘やかされていながら、鷹丸は性根の素直な優しい少年だった。そして哀れなほど孤独だった。確かに、大事にはされ、あらゆる物を与えられてはいる。だが、家族からの情けがあまりにないのだ。

天鵺家の人々は、総領息子である鷹丸に冷淡だった。実の父親ですら、めったなことでは鷹丸の部屋を訪れないというのだから、驚きだ。そして、そんな話を聞いたからこそ、茜も、色々なことを我慢してでも、若君のそばにいてやりたいと思うのだ。

午前の勉強がすむと、静江は子供達だけにしてくれる。二人は毎日、思うままに遊んだ。といっても、部屋の中で静かに遊べるものに限られていた。茜にとっては物足らなかったが、鷹丸は遊び相手がいるのが嬉しくてたまらないらしい。あれもこれもと、自慢のおもちゃを取り出してきて、夜遅くまでなかなか茜をそばから放そうとしなかった。

それが祟《たた》ったのか、昨日の朝、鷹丸は突然熱を出して寝ついてしまった。病弱というのは嘘ではなかったらしい。

すぐさま医者が呼ばれ、茜は部屋の外に放り出された。病気がうつったらいけないからという理由だが、本当のところは茜がいては若君がゆっくり休めないからだろう。

今日になっても若君との面会は許されず、茜は暇を持て余した。自分の部屋にいても落ち着かず、何かする気にもなれなかった。

『庭にでも出てみようかな』

ふと思い立った。

初めてここに来た時に見た、あのうっそうとした庭。まだ一度も足を踏み入れたことがない。ずっと若君の相手をして、部屋の中に閉じこもってばかりいたから。初夏の草を踏み、新鮮な花の香りを嗅ぐのは、きっとすばらしいに違いない。

わくわくしてきて、茜は部屋を出て、長い廊下を歩きだした。気持ちが急《せ》いて、自然に早足になる。だが、角を曲がったところで、立ちすくんでしまった。向こうから、見覚えのある女が歩いてきたからだ。

『千鳥様だ！』

冷たいものが首筋を駆け上がった。衝撃的な出会いをしてから、茜は千鳥のことが怖かった。

あの人には近づきたくない。

急いで回れ右をしようとしたが、向こうが声をかけてきた。

「待って」

呼びとめてきた声は優しかった。

面食らいつつ、茜は向き直った。すでに千鳥はすぐ目の前にまで来ていた。白牡丹《ぼたん》のような艶《あで》やかな笑顔で、千鳥は話しかけてきた。

「この前はごめんなさいね。あんなことを口走ってしまって。私、日によって気分が違うのよ。あの時は本当におかしくて、何を言っているか、自分でも全然わかっていなかったの。ほんとに恥ずかしいわ」

口調は柔らかく、言っていることもまともであった。今日は確かに正気のようだ。あの人形も持ってはいない。茜はほっと体の力を抜いた。

こうして見ると、千鳥はじつに美しかった。たおやかな体つきに、あやめ模様の涼しげな藍色の絽《ろ》の着物がよく似合う。白鷺《しらさぎ》のような人だと、茜は見とれてしまった。だから、

「許してくれるかしら？」と上目づかいで言われた時は、一も二もなくうなずいていた。

「はい。もちろんです」

「よかった。茜さんはこの家の子になったんですものね。仲良く付き合っていきたいわ。お兄様もお義姉様も、自分のことばかりのそっけない人達だし。私、寂しいのよ。鷹丸には近づいてはいけないと言われているし。傷つけるとでも思っているのかしら。私はあの子の叔母なのにねえ」

悲しげに言われて、茜はおろおろした。なんだか胸が痛い。この人がかわいそうでたまらない。それがはっきり顔に出ていたのだろう。千鳥がそっと茜の頬をなでてきた。なでてくれる指の先はひんやりと冷たかった。

「あなたはとてもいい子なのね。とても素直で、目もきれい。……嬉しいわ。女の子が来てくれるなんて。男の子はいやよ。うるさくて乱暴者で、いばりんぼですもの。自分を特別だと思いこんでばかりで、生意気で……やっぱり女の子が一番いいわ」

千鳥はしきりに茜に触れてきた。髪を触り、頭をなでる。その目は茜ではない誰かを見ているようで、茜は不安になってきた。

「あ、あの……千鳥様……」

我に返ったように、千鳥はつと茜から離れた。

「ごめんなさい。ちょっとぼんやりしてしまって。……それはそうと、鷹丸は病気なんですって？」

「はい。熱が出てしまって。今、先生に診てもらっています」

「そう。ここは夏でも涼しいから、冷気にあたってしまったのかもね。これ、あの子に渡してくれないかしら？」

千鳥は紙包みを取り出してきた。きれいな薄緑色の和紙で包まれており、持ってみると、大きさの割には重かった。

「葡萄《ぶどう》のお菓子よ。あの子、熱が出ると一気に食欲が落ちてしまうけど、こういう甘いものなら食べられるでしょうから」

この人は若君のことを気遣ってくれている。親の椋彦やぬいなど、一度も若君の部屋に見舞いに来ないというのに。

茜は嬉しくなって、うなずいた。

「必ずお渡しします」

「そうしてちょうだい。あなたも、よかったら食べてね。おいしいから」

にっこりと微笑む千鳥は、天女のように優しく美しかった。

千鳥にお礼を言って別れたあと、茜は一度部屋に戻ることにした。渡された菓子を持っていては、外で遊べないからだ。そうして菓子を置き、今度こそ庭に行こうと部屋から出たところで、静江が隣の部屋から出てきた。

「ああ、ちょうどよかった。茜様。若君がお会いになりたいそうです」

「もう会ってもいいんですか？」

「ええ。でも、あまり長くは……私は氷を用意してきますので、私が戻るまで若君のことをよろしくお願いいたします」

「はい！」

茜はすぐさま若君の部屋に入った。

もう医者も帰ったらしく、鷹丸は一人で大きな布団に横になっていた。顔色は透き通るように青ざめて、目も熱っぽく潤んでいる。今にもはかなく散ってしまいそうな風情に、茜は胸がぎゅっと縮むほど怖くなった。

「若君……」

「茜？」

茜を見るなり、鷹丸は笑顔になった。ぼんやりしていた目に生気が戻るのを見て、茜はほっとしながらそばに寄った。

「具合はどうですか？」

「たいしたことない。いつもの熱だよ。静江や先生が大げさに騒ぐだけなんだ」

強がって見せるところは、やはり男の子だ。茜ならこういう時、目いっぱい大人達に甘えるのに。それとも、あまりに頻繁《ひんぱん》に病気になるので、甘えるのにも飽きてしまっているのだろうか。

そう考えるといっそう哀れで、茜は精一杯優しく尋ねた。

「何かほしいものありますか？」

「茜ったら、静江みたいなこと言うんだね」

「病人は大事にするのが当たり前ですから。喉とか渇いていませんか？　お腹は？」

「やめてよ。ますます静江みたいだ」

若君が苦笑する。

「昨日からずっと会えなかったよね。何をしてたの？」

「特には何も。ちょっとお屋敷の中を歩かせてもらったんですけど、三回も迷子になってしまいました。ここはすごく広くて静かで……なんだか一人ぼっちになった気分がして、怖くなりました」

「ふうん、そうなんだ。ぼくはあまり一人になることってないから、よくわからないんだけど。ほら、静江も雛里もいるから」

「……そうですよね」

そう。この少年のまわりには常に見守る人達がいる。だが、具合が悪い時に見舞いに来てくれる家族はいないのだ。同じ家に住んでいるとはとても思えない、うすら寒いものがそこにはある。

いやいや、そんなことはない。少なくとも、千鳥は違う。千鳥はちゃんと、甥のことを気遣っていたではないか。

茜は、千鳥からの菓子を思い出した。

「そうだ。預かり物があるんです。取ってくるので、ちょっと待っててくださいね」

「すぐ戻ってきてくれるよね？」

「もちろんです。隣の部屋ですから」

茜は部屋を飛び出し、菓子包みを持って駆け戻った。

「はい、これ。千鳥様から若君にって」

「叔母様から？」

「はい。葡萄のお菓子だそうです。食欲がなくても、これなら食べられるだろうって」

「叔母様が……そう……」

なんだか複雑そうな顔をしつつ、鷹丸は包みを開いた。

中から出てきたのは、砂糖をまぶした藤色の菓子だった。全部で七つ。砂糖衣がきらきらしており、甘い葡萄の匂いが子供達の心を惹《ひ》きつけた。

「きれいだね。それにおいしそうだ」

「食べられそうですか？」

「うん。これならたぶん。茜もお食べよ。全部は食べきれないから」

「いただきます」

二人が菓子をつまんで、口に運ぼうとした時だった。

突然、横に雛里が現れた。

雛里はすばやかった。無言のまま鷹丸の手首をつかみ、もう一方の手で茜が食べようとしていた菓子をはたき落としたのだ。菓子が床に落ちるのを見て、茜は叫びそうになった。

「な、何をするんですか、雛里様！　ああ、もったいない……」

水で洗えば、まだ食べられるかもしれない。急いで拾い上げようとする茜に、若君が押し殺した声でささやいた。

「茜。どうやらこのお菓子は食べられないみたいだよ」

「えっ?」

どういうことだと鷹丸を見て、茜は息を止めた。鷹丸はさっきとは違った意味で青ざめていた。唇がかすかに震えている。雛里はそんな鷹丸の手からも菓子を取り上げて、床に投げつけた。

若君の言葉と表情。雛里の憎々しげなしぐさ。それらから思い当たることは、一つしかなかった。

だが、まさかと茜はかぶりを振った。そんなことがありうるだろうか。あの優しげな千鳥が、実の甥に食べられないものをよこすなんて。

鷹丸が力なく笑った。

「おかしいと思ったんだ。叔母様がぼくにお菓子をくださるはずがないんだ。叔母様はぼくを憎んでいるんだから」

「そんなことは……」

「本当だよ」

断言する鷹丸の声には重みがあった。いつもは無表情な雛里でさえ、心なしか顔を険しくしている。

呆然としている茜に、鷹丸は強い調子でささやいた。

「このこと、他の人には言わないで。静江には絶対だめ。叔母様のしたことを知ったら、静江は何をするかわからない」

「でも、こんな！　千鳥様は若君をころ……」

慌てて口を閉じたものの、言いかけた言葉は取り消せない。

混乱している茜に、鷹丸は悲しげな、それでいて妙に落ち着きはらった様子で話した。

「これが初めてじゃないんだ。叔母様はこれまでに三度ぼくを狙った。……でも、ぼくが無事なら、それでいいじゃないか。父様達がこのことを知ったら、あの人は屋敷から追い出される。それではかわいそうだ」

どうしてそんなふうに思えるんだと、茜は不思議に思った。いくら叔母とはいえ、自分に毒を盛ってくるような相手を、なぜかばえるのだろう？

だが、若君はかたくなに叔母をかばった。

「叔母様はかわいそうな人なんだ。ぼくのせいで不幸になってしまったんだ。だから、ぼくが命を狙われるのも、しかたないことなんだよ」

「しかたないなんて、そんな……」

「ほんとなんだよ。ぼくは……呪われているんだ」

すっと、部屋の温度が下がったような気がした。

まじまじと見つめる茜に、鷹丸はひどく陰気なまなざしを返した。だが、ふと目をそらし、静かに言った。

「静江が戻ってくる前に、このお菓子をどこかに片づけてくれる?」

「は、はい」

それ以上問い詰めても無駄だとわかったので、茜は落ちた菓子を拾い、残りの菓子と一緒に紙に包んで立ち上がった。と、甘い葡萄の香りが鼻をくすぐってきた。

悔しさがわきあがってきた。

毒を使って、それも菓子に仕込んで、甥を殺そうとするなんて。

千鳥のやり方はあまりに卑怯だった。なにより、ころりとだまされ、利用されてしまった自分がふがいなかった。雛里がいなかったら、若君だけでなく、自分も死んでいただろう。そう思うと、ぞっとした。

そうだ。雛里が自分達の命を救ってくれたのだ。

茜は雛里を振り返った。

「ありがとうございました、雛里様。おかげで助かりました」

と、鷹丸が少し苛立った口調で言ってきた。

「茜。何度も言っているじゃないか。雛里のことは気にしなくていいって。お礼なんか言わなくたっていいんだよ」

これに茜はかちんときた。

若君の、雛里に対するぞんざいな態度は、前々から気に食わなかった。これまでは遠慮してきたが、今回ばかりは黙っていられない。相手が病み上がりであることも、千鳥に毒を盛られかけたことも忘れて、茜は若君に噛みついた。

「若君。そういうの、すごくよくないと思います！」

「えっ？」

「そうやって雛里様のことを気にするなって言うなんて。すごく失礼です。それに、雛里様のおかげで助かったんですよ？　それなのに、お礼も言わないなんて。はっきり言って、どうかしています！」

「で、でも、それは……雛里にはお礼を言ってもわからないし……ぼくを守るのが雛里には当たり前で……」

しどろもどろになる鷹丸を、茜は厳しく睨みつけた。

「言ってもわからないから、お礼を言わないいんですか？　助けてもらうのが当たり前だから、お礼を言わなくていいんですか？　それなら、消防組の人達が命がけで火事を消し止めてくれても、お礼を言わなくていいってことですよね？」

「……」

「そんなのおかしいですよ。すごく嫌なことだと思います。若君が変だと思わないのなら、それでもいいです。でも、あたしは雛里様にお礼が言いたいから、ありがとうって言うんです。いちいち邪魔しないでください！」

なんか文句はあるかと、鼻息も荒く茜は鷹丸を見据えた。この件に関しては、とことん戦うつもりだった。言い返せるものなら言い返してみるがいい。百倍にして返り討ちにしてくれる。

だが、戦う気満々の茜に対し、鷹丸は完全に腰が引けていた。がみがみ怒鳴られることなど、これまでに一度もなかったし、それに茜の言っていることがとても新鮮に思えたのも確かだった。非常に戸惑った顔をしながら、ついにはこくりとうなずいた。

「そんなこと、考えてもみなかった……そうか。助けてもらったら、お礼を言うのが当たり前なんだよね。たとえ雛里にも……言うべきなんだ、よね？」

「そうですよ」

「うん。わかったよ。……あ、ありがとう、雛里」

鷹丸は雛里に対して小さく礼を言った。案の定、雛里はまったく表情を変えなかった。が、礼を言ったことで、鷹丸は心の中で何かがふわっと軽くなったような気がした。なにより茜が嬉しそうにしたので、鷹丸はほっとしてうながした。

「もう怒っていないなら……お菓子、捨ててきてくれる？」

「はい。若君は寝ていてください」

茜は部屋を出て行き、若君はふたたび横になった。だから二人とも、雛里の目に浮かんだ光を見ることはなかった。

雛里は不思議な感覚を覚えていた。少女と若君に礼を言われたとたん、すりへった体に温かな力が満ちるのを感じたのだ。とても温かくて柔らかな感触が、こそばゆく胸をくすぐってくる。

唐突な感覚に、首をかしげたくなった。こんなふうに感じるのは初めてだ。

初めて？　いや、前にもこういうことを感じたことがある。だが、いつであったか、どんな時であったかは思い出せなかった。思い出せるのは、戦いと傷の痛みだけ。

戸惑いながらも、雛里は子供達が与えてくれたものを大事に胸の奥にしまいこんだ。誰にもこれを奪われたくなかった。

## 5

それから数日間、何事もなく時が過ぎていった。千鳥は茜の前に現れなかったし、鷹丸も全快した。子供達はふたたび部屋の中で遊ぶようになった。

だが、茜は前のように遊びに熱中することができなかった。誰かが部屋の前を通る気配がするだけで、びくりと身構えてしまう。また千鳥がやってくるかもしれない。茜を使ったように、今度は使用人の誰かを手先にしてくるかもしれない。すっかり疑心暗鬼にとらわれ、出入りする女中達をじろじろ見る始末だ。

茜は不安だった。若君は雛里に守られているからいいとして、自分のほうは無防備だ。そして千鳥は、計画がしくじったことに憤り、茜に対して怒っているかもしれない。いや、きっと怒っているだろう。もし、真夜中に千鳥が自分の部屋に忍び込んできたら……想像するだけで膝が震える。

しかも、千鳥の異常さ、危険さを、誰にも打ち明けることはできないのだ。誰にも言わないと、若君に約束してしまったから。

茜はなんとか自分の身を守ろうと考えた。結局、部屋の戸につっかい棒がわりのはたきを立てかけるくらいしか思いつかなかったが、何もしないよりはましなはずだ。少なくとも、誰かが部屋に入ってこようとすれば、大きな音がするだろう。

この立派なお屋敷で、命の危険を感じることになるなんて。

何がなんだかわからなくなってきていた。とりあえず朝起きて、まずはほっとする。今日も無事に目が覚めたと。だが、すぐに冷たい恐怖にとらわれる。これから一日無事に乗り切れるだろうかと。

本当に数日間は生きた心地がせず、食も進まなかった。何度、沖野の家に手紙を送って、「迎えに来て!」と助けを求めたかったことか。

だが、何日経っても、千鳥が何か仕掛けてくる様子はなかった。姿を見せることも、言付けを送りつけてくることもない。千鳥は、茜などどうでもいいらしい。あくまで狙いは鷹丸一人なのだろう。

茜は徐々に不安を解いていった。なんといっても、自分の身が危なくないのはありがたい。そのぶん、鷹丸のことに気をつけていられるからだ。気分はすっかり鷹丸の保護者だった。

『だって若君はあまりに優しくて、はかなくて……お寂しいんだもの』

守ってあげたいと、強く思うようになっていた。

そうこうしているうちに、季節は本格的な夏を迎えた。だが、三方を山に囲まれている天鵺屋敷は、終始ひんやりと涼しかった。どんな時でも薄闇と冷気を閉じ込めているかのようだ。夏らしい暑さを感じられないことが、茜には妙に落ち着かなかった。

そんなある朝のことだ。朝餉《あさげ》を終えた茜と鷹丸に、静江が一の間に来るように言った。

「燕堂様がお呼びでございます」

当主のお呼びとあっては、何があろうと行かねばならない。それは若君であろうと同じだった。

二人が一の間に行ってみると、そこには天鵺一族、すなわち椋彦とぬい、それに千鳥が集まっていた。

「遅いぞ」

不機嫌そうに唸《うな》る燕堂に頭を下げ、急いで茜は末席に座った。そこが自分の席だとわかったからだ。一方の鷹丸は、燕堂の隣へと座った。

こうして、ひさしぶりに天鵺一族が一つの部屋に集まったのだ。

茜はそっと千鳥を盗み見た。千鳥を見ると、自然と体がこわばった。

いったい、どんな顔をされるだろう？　憎しみをこめて睨まれるだろうか？

だが、千鳥は茜には目もくれず、腕の中の人形を愛《いと》おしげになでて、鼻歌を歌っていた。

その瞳の奥は、どろっと濁《にご》っていた。

今日はまた物狂いがひどくなっているらしい。だが、そのほうがいいと、茜は思った。正気の時の千鳥のほうが、よほど恐ろしいからだ。

鷹丸に目を移すと、緊張した様子で父と祖父の間に座っていた。茜が知っているかぎり、鷹丸が家族に会うのは二十数日ぶり、あるいはそれ以上のはずだ。茜のほうが胸がどきどきしてくる。

と、椋彦が思い出したように息子に声をかけた。

「元気にしていたかい、鷹丸？」

「はい、父様」

「そうか。ならよかった」

それで終わりだった。

ぬいのほうはもっとひどく、鷹丸のことなどまるで無視していた。この人が鷹丸の実の母親でないことを、茜はすでに知っていた。ぬいは後妻なのだ。鷹丸の母親は、鷹丸が生まれてすぐに亡くなったという。

「あの人はぼくがお嫌いなんだ。ほんとだよ。この顔が気味が悪いって、はっきりそう言ったもの。それに、ぼくが跡継ぎなのも気に入らない。早く自分で男の子を産んで、その子を跡継ぎにしたいと思っているんだ」

そう教えてくれた時の、鷹丸のさみしそうな顔が忘れられなかった。せめて椋彦だけでも、もっと鷹丸を大事にしてくれればいいのに。

茜が唇を噛んだ時、燕堂がおもむろに口を開いた。その内容は、茜にはちんぷんかんぷんなものだった。

「まもなく巣籠りだ。特に、今年は鷹丸が無事に十三歳を迎えられた、めでたい年だ。よって今年の巣籠りは、羽そろいの儀ということになる。この中から守りのお方を務める者を選ばねばならん。静江」

呼ばれて、静江が進み出てきた。その手は平たい黒い盃をいくつも重ね持っていた。

静江は盃を一人一人に配り始めた。ただし、鷹丸には渡さなかった。

全員に配り終えると、静江は今度は赤い小さなひょうたんを持って、燕堂のもとに向かった。燕堂が差し出した盃に向けて、ひょうたんをかたむける。だが、ひょうたんの口から出てきたのは、水や酒などではなかった。

ころり。小さな白い豆が一粒、盃の上に転がり落ちた。

「お役目務められず、残念で候」

重々しく燕堂が言った。

静江は椋彦のもとへ移動し、椋彦の盃にひょうたんを振った。またしても白い豆が出てきた。

「お役目務められず、残念で候」

平坦な声で椋彦が言った。

そうして、ぬい、千鳥へと同じことが繰り返された。どちらの盃にも白い豆が落ち、同じ文句が座敷に響く。

ついに静江は、茜の前へとやってきた。見よう見真似で、茜は自分の盃を前に差し出した。静江がひょうたんをかたむける。こぼれてきたのはやはり豆だったが、今度のは血のように赤かった。

他の人達と違う！

ぎょっとする茜に、「守りのお方が決まりました」と、静江が言った。

「そうか。茜になったか。重畳《ちょうじょう》じゃ。茜。つつがなく大役を務めてくれい。みな、今年は茜が務めてくれるそうだ。じつに孝行な子だとは思わんか？　え？」

燕堂の不自然なほどの大声に、椋彦とぬいが微笑みながらうなずいている。その全てに白々しさがあった。

もしかして、自分が「守りのお方」とやらに選ばれるのは、最初から決まっていたのではないだろうか？

そんなことを感じながら、茜は手の中の盃に目を落とした。不吉なほどに赤い豆は、黒い盃の中でいっそうの赤さを誇っている。

『なんか……いやだ』

不安で胸がどきどきしていた。よくわからないが、何か大変な役目を押しつけられたようだ。何をどうしたらいいいんだろう？　自分にできるようなことなのだろうか？　ああ、怖い。やりたくない！

だが、声をあげることすらできず、茜はただただうつむいていた。

天鵺一族の会合はそれで終わりだった。「みなそれぞれ身をつつしみ、祭りまでの日を過ごすように」という燕堂の言葉を合図に、みなさっさと席を立ち、それぞれ座敷から歩き去ってしまった。

身をこわばらせている茜のもとに、鷹丸がやってきた。

「部屋に戻ろう、茜」

「若君……巣籠りってなんですか？」

「巣籠りを知らないの？」

よほど驚いたのか、鷹丸は目を丸くした。だが、すぐに詳しく話してくれた。

八月の満月の夜は、屋敷の背後に広がる黒羽ノ森の力が一気に高まるのだという。その恐ろしい力から身を守るため、天鵜一族は身を清め、家の中に閉じこもって、あふれでる邪気をやりすごす。それが、巣籠りと呼ばれるものだ。

ただし、一族に跡継ぎの子供がいる場合は、その成長に合わせて、特別な儀式が行なわれる。

一歳の卵破りの儀から始まり、三歳の雛《ひな》鳴きの儀、七歳の巣遊びの儀、九歳の総領雛の儀、十一歳の虫食いの儀、十三歳の羽そろいの儀、十七歳の羽ばたきの儀、そして十九歳の巣立ちの儀で終わりとなる。

無事に巣立ちの儀を迎えられた跡継ぎは、完全に守られた存在となり、もはや黒羽ノ森の邪悪な力も及ばないという。

「ほんとのことだよ。父様は無事に巣立ちの儀まで終わらせることができた。だから、ああして丈夫になられたけど……父様の弟や妹達はだめだった。千鳥叔母様の他に三人いたらしいけど、三人とも黒羽ノ森に負けてしまったんだ」

黒羽ノ森のことを話す時、鷹丸の顔は自然と青ざめる。あの森に対する恐怖は、尋常ではないらしい。

「そんなに森が恐ろしいのなら、どこかに引っ越すとかできないんですか?」

茜は思いきって言ってみたが、鷹丸はすぐさまかぶりを振った。

「だめだよ。天鵺家がこの屋敷を去ったら、森の力があふれてしまう。ぼくらは抑えの石なんだ。この村でいい絹がとれるのも、ぼくらがここで森を抑えているからだって。それに……どこに逃げたって、あれは追いかけてくるよ」

「あれ? あれってなんです?」

しかし、鷹丸はぴたりと黙り込んでしまった。しゃべりすぎたという後悔と、知られたくないというおびえが、ありありと目に浮かんでいる。

茜は少々苛立った。肝心のことになると、若君は口を閉ざしてしまう。

しかし問いつめるわけにもいかないので、しかたなく、茜は自分がやらされることになった「守りのお方」について尋ねてみた。若君はこれにはすぐに答えてくれた。

「ああ、守りのお方というのはね、儀式の時に、家に残って留守番をしてくれる人のことだよ」

跡継ぎのための儀式は、普段の巣籠りと違って、屋敷の外で行なわれる。鳥御堂《とりみどう》と呼ばれる、村の中心、桑畑の中にある小さな御堂にて、一晩過ごすことになっているのだ。跡継ぎはもちろんのこと、一族は全員で鳥御堂に行かなくてはならない。

しかし、完全に屋敷を空にするのはまずい。それで、一族の者が一人残って、留守番をするのだという。

「今年はぼくが十三歳で、羽そろいの儀をやらなくちゃいけない。だから、守りのお方が必要だ。それで、さっき選びの儀式をやったんだよ。……ちなみに、巣籠りの夜は使用人達もいないから。一日、暇を出すことになっているんだ」

ということは、茜はただ一人、この広大な屋敷に一晩取り残されるということになる。

さっと茜は青ざめた。いくらなんでも怖すぎる。

と、後ろから「大丈夫ですよ」と声がかかった。

いつのまにか静江が二人の後ろにいた。茜は内心舌をまいた。この人はまったく気配なく動けるのだ。

「守りのお方のことで怖がることはございませんよ、茜様」

「で、でも……一人でなんて」

「大丈夫です。ただの留守番と同じことです」

納得しかねる顔をしている茜に、つと静江は顔を寄せ、ほとんど聞き取れないような声でささやいてきた。

「茜様が黒羽ノ森に狙われることはまずありません。……森が一番に狙っているのは、お世継ぎの鷹丸様でございますから」

唖然として、茜は静江を見返した。

『この人も……黒羽ノ森が若君を狙っているって思っているんだ』

意外だった。高い知性と落ち着きを兼ね備えた静江。誰よりも冷静で、しっかりと現実を見据えているように見えるのに。その人が、こんな迷信を信じているなんて。

それとも、本当に黒羽ノ森には何かいるのだろうか。

『いても、おかしくないかも……』

異様な森の気配を思い出し、茜は震えそうになった。こともあろうに、この屋敷はあの森のすぐそばにあるのだ。

大丈夫。静江さんの言うとおり、あたしは所詮、外から来た子なんだもの。本物の天鵺一族じゃない。一晩くらい留守を守るのだって、へっちゃらだ。

茜は必死で自分に言い聞かせた。

いずれにせよ、茜に拒むことなどできないのだ。

## 6

守りのお方になることが決まったその日から、茜は静江から何度となく役目のことを聞かされるようになった。

「守りのお方の役目は、若君達が出られたあとに門を閉じ、翌日の朝まで絶対に戸や窓を開けないことでございます。誰かやってきても、戸口を開けてはいけません。返事をしてもいけません。しつこいようですが、このことは胸に刻み込んでいただきたいのです」

「はい」

「それでは見送りの言葉、出迎えの言葉を言ってみてください」

「み、見送りの言葉は……行ってらっしゃいませ。みなさまの無事のお帰りを、お待ち申し上げております。みなさまが戻られるまで、いかなる戸口も開くことなく、堅くお守りすることをお誓い申し上げます」

「よろしい。では、出迎えの言葉を」

「えっと……お帰りなさいませ。つつがなく儀式を終わらせたる若雛《ひな》の、その喜ばしきお帰りを、門を開いてお出迎えいたします。えっと、いざ、えっと……」

「いざ、守られたる家にお入りください。もう一度最初からやりましょう。きちんと覚えていただかないと、困りますので」

「は、はい。ごめんなさい」

静江は、見送りの言葉、出迎えの言葉を繰り返し茜に唱えさせた。その言葉が耳について、茜は眠れなくなったくらいだ。

あれよあれよというまに日は過ぎ、ついに巣籠りの日がやってきた。

その日は、朝は通常とまったく変わらなかった。が、昼になると非常に静かになった。主人達用の食事を用意し終えるなり、使用人達は早々と屋敷を出て行ったからだ。

茜は朝餉《あさげ》も昼餉も一人で食べた。鷹丸の姿は昨日から見ていなかった。儀式のための支度が色々とあるということで、静江が鷹丸をどこかに連れて行ってしまったのだ。

一人で食べる食事は味気なかった。朝餉も昼餉も、白粥《しろがゆ》に香のものがついただけのものだったので、余計にそう感じたのかもしれない。

肉や魚がふんだんに使われた食事に、いつのまにか慣れてしまっていたことに気づかされ、茜は少しどきりとした。自分が天鵺家になじみだしている。そう思うと、なんとも言えず嫌な感じがした。

自分の部屋で、茜は落ち着かなかった。屋敷はいつも以上に静まり返っている。今はまだ天鵜家の人達がいるからいいが、夕方には鳥御堂に向かうという。そうなったら、どうしたらいいのだろう。

一人になることが、震えるほど怖く思えてきた。

気をまぎらわせるため、見送りと出迎えの文句を口の中で唱え始めた。さんざん復唱させられ、すっかり暗記しているが、肝心の時にど忘れしてしまうかもしれない。もしそんなことになったら、静江や天鵜家の人達にどんな目で見られるか。

失敗は許されないと、文句を口の中でつぶやいていると、すうっと、部屋に誰かが入ってくる気配がした。

振り向き、茜は絶句した。千鳥が後ろ手で戸を閉めているところだった。その目はまっすぐ茜を見ており、さらには、にこっと笑いかけてきた。

今日は正気だ。

そうわかったとたん、冷水を浴びせかけられたかのように、茜はぞおっとした。大声をあげようかと思ったが、声が出てこない。息を続けるのがやっとだ。

微笑みをたたえながら、するすると千鳥が近づいてきた。茜はあとずさりをしながら、不思議に思った。

『どうして、この人は笑っていられるんだろう？』

千鳥の本性を、千鳥がやろうとした卑劣なことを、すでに茜は知っている。そのことは、千鳥にもわかっているはずだ。それなのに、なぜこんなにも晴れやかな顔で、茜に近づいてこられるのだろう？

とうとう茜は部屋の隅に追い詰められてしまった。ぶるぶる震えている少女に、千鳥はすっと身をかがめてきた。

ひっと、茜は腕をかざして、身を守ろうとした。その手首をつかまれ、手に何かを押しつけられた。

「巣籠りの間、これを持っておくといいわ」

柔らかにささやく声がして、手首が放されるのを茜は感じた。恐る恐る顔をあげてみると、千鳥が部屋から出ていくのが見えた。

助かった。

茜はへたりこんだ。怖かった。何をされるかと思った。はねあがった心臓が痛い。胸をさすろうとして、はっとした。自分の手が何かを握っていることに気づいたのだ。

それは人形だった。千鳥が前に抱いていた人形ではなかった。あれは髪の長い、大きな女の子の人形だったが、これはこけしくらいの大きさで、おかっぱ髪の人形だ。しげしげと、茜は人形を見た。かわいいふっくらとした顔立ちの、女童《めのわらわ》人形だ。花柄の着物を着て、手には華やかな手鞠《てまり》を持っている。きっと職人によって丁寧に作られたものなのだろう。

よく見ると、人形のあごのところには、ぽっちりと黒いほくろがあった。茜にも、まったく同じところにほくろがある。

そこまで気づいたところで、茜は思わず人形を放り出していた。

茜だ。これは茜に見立てたものなのだ。ほくろを描いたのは、間違いなく千鳥だろう。

心底気味が悪くなった。

どうして、こんなものをよこしたのだろう？　まさか、この人形に毒がまぶしてあるとか？

慌てて茜は手を何度もぬぐった。それでは足りない気がして、水で洗おうと、厠《かわや》に向かおうとした。

そうして飛び出した廊下で、静江にぶつかりそうになった。

「茜様？　どうかなさいましたか？」

「あ、え……い、いえ。なんでもないんです。ちょっとお手洗いに行きたくて」

「そんなに慌てて行くなんて。茜にしては珍しいね」

からかうような鷹丸の声に、茜は静江の横に目を移した。

「わ、若君？」

「そうだよ。わからなかった？」

わからなかった。一日ぶりに会う若君は、いつもとはまるで違う姿になっていたのだ。鷹丸は、目にも鮮やかな紅色の振袖をまとっていた。金銀で鳥の刺繍《ししゅう》がしてある、豪華なものだ。それだけではない。頭には女の子用のかつらをかぶっていた。ふっくらと結いあげてある髷《まげ》には、びらびらと花かんざしがたくさんさしてある。顔には化粧までしていた。念入りにおしろいを刷いてあるため、例のただれもさほど目立たないくらいだ。

鷹丸は見事に女の子に見えた。それも大変な美少女だ。

初めは口もきけないほど驚いていた茜だが、やっとのことで尋ねた。

「なんで、そんな恰好をして、るんです？」

「今日は屋敷の外に出ないといけないからね。鳥御堂につくまでの間、悪いものに気づかれないよう、こうして女の子に化けるんだよ。魔除けだよ、魔除け」

恥ずかしいのか、ちょっと怒ったような口調で鷹丸は説明した。自分の恰好を気に入ってはいないが、背に腹はかえられないというところだろう。

茜はにやっとした。

「よく似合っていますよ」

「やめてよ」

「ほんとに女の子みたい。……おじょうさんって呼んだほうがいいですか？」

「やめてってば、もう！」

鷹丸は身もだえしていやがった。そのいやがる顔さえ、かわいく見えた。

茜がけらけら笑っていると、静江が声をかけてきた。

「さあ、もうそれくらいにしてください。若君はお部屋にお戻りを。私は茜様のお支度をせねばならないので」

これには茜もびっくりした。

「あたしも着替えるんですか？」

「はい。守りのお方には守りのお方の装束がございますから。お手洗いに行かれるのであれば、今行かれたほうがよろしいですよ」

「あ、はい」

そうして茜は着替えさせられた。てっきり若君と同じようなきらびやかな恰好をするのかと思いきや、着せられたのは男の子の着物と袴《はかま》だった。上等なものではあるが、どちらも若君のお古で、茜には少し丈が足りないくらいだ。

ちょっとがっかりしている茜の髪を、後ろで一つに結わきながら、静江はなだめた。

「これも魔除けの一種なのです。性別を偽ることは、邪《よこしま》な魔物の目をごまかすことになりますから。こうしておけば、万が一、魔物が屋敷に入ってきても、茜様の身は守られます」

あくまで用心のためだと、静江は繰り返した。

実際に着てみると、男の子の着物はなかなか動きやすくて、茜はおおいに気に入った。姿見に自分の姿を映してみれば、これはもう、どこから見ても男の子に見える。

静江が言った。

「これで問題ありません。では、私も身支度をしてまいります。若君のところに行かれるのであれば、それはそれでかまいません。ですが、今日はあまり暴れたりせずに、お静かにお過ごしください。くれぐれも木馬などには乗られぬようにお願いいたします」

きちっと釘をさされてしまった。

静江が去ると、茜はさっそく若君の部屋に行った。鷹丸は茜を一目見るなり、手を叩いて笑ってきた。

「すごいね、茜！　よく似合っているよ！　……ぼっちゃんって呼んであげようか？」

「ええ、いいですとも」

「……茜は強すぎるよ、まったく」

さっきの仕返しとばかりにからかったのに、茜が頓着しないので、鷹丸はぶつぶつぶやいた。それから残念そうな顔になった。

「茜も一緒に鳥御堂に来られたらよかったのに。よりによって、守りのお方に選ばれるなんて。残念だよ」

「鳥御堂ではどんなことをするんですか？」

「さあ、わからない。儀式は毎回違うからね。今回は羽そろいの儀で、どんなことをするのか、ぼくはまだ知らないんだ。でも大丈夫だよ。いつも静江がちゃんと教えてくれるもの」

静江のことを信頼しきっている声で、鷹丸は言った。鷹丸にとって、やはり静江は特別な存在らしい。

「そういえば、静江さんにはお暇をあげなかったんですか？」

「静江はいつだって一緒だよ。だって、儀式に静江は欠かせないもの」

天鵺屋敷に来て一か月余り。ようやく茜は、静江の正体を知ることとなった。

静江は、天鵺家専属の呪術師なのだという。この家での重要な儀式や祭りは全て、静江の手によって行なわれる。それ以外の時は若君の世話係として、屋敷の中のことをまかされているのだという。

なるほど。呪術師であるというのなら、人とは違う、あの不思議な雰囲気もうなずける。静江だけでなく、静江の母も祖母も天鵜家に仕えたというから、彼女の忠誠心が筋金入りなのも無理のないことだった。

茜が聞きたがったので、鷹丸はこれまでの鳥御堂での儀式のことを詳しく話していった。

「卵破りの儀と、雛《ひな》鳴きの儀の時のことは、覚えていないんだ。どちらの時も、ぼくはまだほんとに小さかったからね。でも……雛鳴きの儀のほうは、なんとなく覚えているな。何度も体をつねられて、痛くて泣いたのを覚えているよ」

雛鳴きの儀は、子供が大声で泣くことが肝心らしい。鷹丸が泣くたびに、家族は寿《ことほ》ぎの言葉を唱えたそうだ。

七歳の巣遊びの儀の時は、鳥御堂の中にたくさんの木の枝が用意されていたという。それを静江が指示するままに、あちこちに動かし、丸い鳥の巣のように仕上げた。ひ弱な鷹丸にとって、たくさんの枝を持ち運ぶのは重労働で、儀式が終わったとたん、高熱を出して倒れたほどだ。

「九歳の総領雛の儀は、あんまり好きじゃなかったな。ぼくは小さな刀を持たされて、円の中に立たされた。そして、同じように円の中にいた父様やぬい義母様達を、刀で切りつけていったんだ。お芝居だとわかっていても、あれは嫌だった」

父親達は、一人ずつ切られ、円の外へと倒れていったという。「一の雛は総領雛。総領雛おれば、巣は安泰」と、叫びながら。

「……ずいぶん変わっていますね」

「うん。一番強い雛が、他の弱い雛を巣から落として、餌を一人占めすることがあるだろ？　他の雛は死ぬけれど、一羽だけは生き残り、誰よりも強いものとして、巣立っていく。この儀式にはそういう意味があるんだって、静江が言っていた」

「そうなんですか。それじゃ、えっと、次の……虫食いの儀でしたっけ？　それはどんな感じでした？」

「十一歳の時の虫食いの儀は……はっきり言って気持ち悪かったよ。静江が小さなおぼんを持ってきたんだけどね、そのおぼんにのっていたのは、大きな白いいも虫だったんだ。それを食べろと言われて、本当にびっくりしたよ」

「た、食べたんですか？」

「うん。そうしなくちゃいけないって、みんなが怖い顔で言うから……」

実際には、それは練りきりで作られたただのお菓子であったのだが、まるで本物のようによくできているため、口にするのは勇気がいることだったという。

今でもよく覚えていると、身を震わせながら鷹丸は言った。

「虫は全部で八匹いた。ぼくが食べ終わるたびに、静江は次の虫をおぼんにのせて持ってくるんだ。最初がいも虫で、次がかまきり。そのあと蜘蛛《くも》、むかで、こがね虫、みみず、きりぎりすと続いて、最後が蝶だった。ううん。蛾だったかな？　とにかく、いくら甘くておいしくても、なんだか気持ち悪かった」

「……大変でしたね」

茜は鷹丸に心から同情した。

それにしても、じつに変わった儀式だ。若君を鳥の雛に見立てて、その成長を見守っているかのような儀式。なんだか非常に不思議で、奇怪だ。

何かが歪んでいると、茜はそう思った。

儀式の話が終わると、自然と二人の会話は途切れてしまった。その頃には、屋敷の中に張り詰めた空気が満ちつつあった。

儀式が近い。それが子供達の肌にもぴりぴり伝わってくる。

それ以上話すことが思い浮かばず、二人とも押し黙り、ただ座って時を過ごした。一緒にいられるのも、あとわずか。あとどれくらいだろう。そんなことばかりが茜の頭を駆け巡る。

　静江が鷹丸を呼びにきた時には、茜はすっかり疲れ果てていた。

　やってきた静江は、折り目のついた巫女《みこ》装束をまとっていた。巫女姿はぴたりと彼女に合っており、いっそう風格があがっている。

「そろそろ出かけますが、まずは守りのお方である茜様に、お神酒《みき》を召しあがっていただかなくてはいけません」

　そう言って、静江は大きな盃を茜に渡し、持ってきたとっくりから黒っぽい液体をなみなみと注いだ。強い酒の香り、それに薬草めいた香りが立ちのぼった。

「お飲みください」

　うながされ、茜は盃に口をつけ、酒を一口ふくんだ。とたん、舌の上に熱い刺激が広がった。酒はほのかに甘く、それでいてかなりほろ苦い。煎じ薬のようだ。おまけにどろりとして、なかなか飲みにくい。

　顔をしかめる茜に、全部飲むように静江が言ってきた。その目はじっと茜に注がれている。全部飲むまで許さないと言わんばかりだ。

　覚悟を決めて、茜は酒を一気に飲み干そうとした。その時だ。静江の背後に、雛里がすっと姿を現した。

雛里が突然姿を現したり消したりするのはいつものことなので、茜は驚かなかった。だが、今日の雛里はいつもとは違った。はっとするほど深い目で茜を見ると、かすかに、本当にかすかに、かぶりを振ったのだ。

飲むな。

茜には雛里の声すら聞こえたような気がした。

警告だ。この酒を飲むなと、雛里は言っているのだ。

茜は思わず手をおろしかけた。雛里が警告してくるということは、それなりの意味があるはずだ。千鳥の毒菓子の時もそうだったではないか。

怖くなって、盃を投げ捨てたくなった。だが、静江がこちらを凝視している。ごまかすなんて無理だ。どうしたらいいんだろう?

それに、今飲んだばかりの一口。あれが毒に思えて、耳の奥がどくどくと脈打ってきた。体が熱いのも、毒のせいなんじゃないだろうか。ああ、今すぐ飲んだものを吐き出せたら。そうだ。今はいったん飲み干して、あとで吐き出してしまえばいい。

茜が震える手で盃を持ち上げかけた時、またしても雛里が思わぬことをしてくれた。棚に寄るなり、そこに置いてあった置物を払い落としたのだ。同時に雛里は姿をかき消した。派手な音がたち、静江と鷹丸がそちらを向いた。

今だ！

茜はさっと袖の中に酒をこぼした。幸い、着物は濃い紺色だ。めったなことでは染みも目立たないはず。着物が汚れることなど、かまっていられなかった。せっかく雛里がくれた機会を逃すわけにはいかないのだ。

静江がこちらを振り返った時、茜はゆっくりと空になった盃を唇から離し、ことさらに顔をしかめてみせた。嘘がばれてしまうのではと、体が震えそうだったが、必死にそれをこらえた。

「飲みました」

静江は黙って盃を取り上げ、一滴も酒が残っていないか、すばやく調べた。それからようやく「けっこうです」とうなずいた。茜は思わず息を吐き出しそうになった。

「では、まいりましょう」

静江の言葉に、鷹丸が立ち上がった。茜もあとに続いた。

玄関のところには、すでに燕堂をはじめとした天鵺一族が集まっていた。全員真新しい白装束をまとい、額には魔除けの赤い印を描きこんでいる。この世のものとも思えぬ風体《ふうてい》だ。

「おお、守りのお方のおなりだ」

見たこともないほど上機嫌の様子で、燕堂が言ってきた。

「首尾よく務めたら、何か褒美をくれてやろうなあ。何がいいか、今のうちにほしいものを考えておくといい。なんでもいいぞ。なんでもなあ」

これまでと違って、今日は口調が妙に馴れ馴れしい。ねっとりしている。

茜は嫌なものを感じたが、褒美と聞いて、思わず胸が高鳴った。なんでもいいと言うのなら、一度沖野の家に帰してもらおう。両親に会いに帰るのだ。

俄然《がぜん》やる気が出てきて、がんばりますと茜は答えた。

椋彦も念を押してきた。

「我が一族にとって、身の守りを強める大事な儀式だ。だからといって、屋敷のほうが手薄になってしまっては、元も子もないからね。しっかり留守を頼むよ。まあ、今日が巣籠りだとわかっているから、村人は誰も来ないだろうけれど。誰が来ても、朝まで絶対に戸口を開けてはいけないよ。いいね？」

例によって、ぬいは何も言わなかった。ただ冷笑をもって、茜を一瞥《いちべつ》しただけだ。

千鳥はまた物狂いの様子であった。茜はあえて千鳥とは目を合わせなかった。

静江が茜に言った。

「台所におにぎりを作っておきました。簡単なもので申し訳ないのですが、お腹がすいたら、それを食べてください」

「はい」

「では、そろそろ始めましょう」

それは合図だった。

茜はひざまずき、頭を下げながら教えられた言葉を言った。

「行ってらっしゃいませ。みなさまの無事のお帰りを、お待ち申し上げております。みなさまが戻られるまで、いかなる戸口も開くことなく、堅くお守りすることをお誓い申し上げます」

なんとかどもらず、間違えることなく言えた。

その言葉に押されるようにして、まず静江が外に出た。戸口を開けると、まだ十分に明るい空が見えた。夕暮れの一歩手前というところだろう。静江は手に持った祓串《はらえぐし》であたりの空気を払いながら、しずしずと前方に進み始めた。

続いて、天鵜一族が一塊となって出た。その中心には鷹丸がいた。大人達の壁に守られるようにして、歩いていく。大人達がしっかり囲んでいるので、茜にはほとんど若君の姿は見えなかった。ただ時折、白装束の間からちらりと赤い色が垣間見えるだけだ。

彼らの後ろに、ふいに雛里が姿を現した。鷹丸の後を追っていく前に、雛里はちらりと茜を振り返った。茜は思わずささやいていた。
「いってらっしゃい、雛里様」
その言葉が届いたかどうかはわからない。雛里はすぐに前を向いてしまったからだ。
天鵜家の一行が門の向こうに消えると、茜はすぐに戸を閉め、しっかり戸締りをした。
この戸を、明日の朝まで絶対開けない。
それが茜に言いつけられた役目、必ず守らなければならない役目だった。

# 7

夏の夕暮れはゆっくりと過ぎ去り、夜がやってきた。

茜は、台所に置かれていたおにぎりを自分の部屋に持ちこんで食べた。人気のない、がらんとした台所などでは、とてもとても落ち着いて食べられなかったからだ。

空腹を満たしてしまうと、他にすることがなくなった。本を読む気にも、絵を描く気にもなれなかった。ただ畳の上に固まっていた。じっとしていると、いっそう孤独と静けさが胸にせまってくる。

寂しい。怖い。朝まであとどれくらいだろう? 夜になってから、まだ半刻も経っていないと思うけど。それとも、もうそのくらいは経っただろうか?

考えてもしかたのないことばかりが浮かんでくる。

心細さをまぎらわせるために、茜は手紙を入れている文箱を取り出した。沖野の家からは三日と置かず手紙が届くので、大きな文箱《ふばこ》は早くもいっぱいになってきている。

もう何度も読み返した手紙の一通一通を、茜は届いた順から読み始めた。たちまち父や母の声が手紙から立ちのぼってきた。

手紙はいつも、茜のことを気遣う言葉から始まる。元気にしているか。病気にはなっていないか。何かこちらから送ってほしいものはあるか。天鵺の人達は優しくしてくれているか。天鵺家に迷惑をかけてはいないか。

時々字が変わるのは、父と母が交互に筆をとって、それぞれ茜へ伝えたいことを書いているからだ。父のきまじめな字、母の優しく流れるような字。どちらも茜には愛《いと》おしい。

家の仕事のことについては、どの手紙にもうまくいっているとしか書かれていない。これは嘘だと、茜は見抜いていた。天鵺家のおかげで危機を脱したのは間違いないだろうが、少なくとも手紙に書いてあるように、続けざまに商売が成功しているはずがない。

娘には絶対に心配をかけたくない。両親の思いが、そこにこもっている。茜には両親の気持ちがよくわかった。茜もまったく同じだったから。

茜はせっせと手紙を書いて送るが、いいことしか書かないようにしていた。寂しいことなど絶対匂わせないように細心の注意を払い、もっぱら若君と遊んだ話を書いた。すばらしいおもちゃの数々や、毎日のおかずの豪華さを書いた。ここにいて自分は本当に幸せなのだと、家族に思わせたかったのだ。

ただし、ずっとこの家にいたいと書くことだけは、さすがにできなかったが。

両親からの手紙には、沖野家での毎日も、こまやかにしたためられている。今日はたたみ干しの大掃除をやったとか、近所の野良猫が金魚を取ろうとして、庭の池に落ちて大騒ぎになったとか、ばあやの留《とめ》が茜のいたずらが懐かしいとこぼしているとか。

近所の子供達も、よく茜のことを聞きに訪ねてくるという。何度か茜と派手な取っ組み合いをやらかしたがき大将の文太などは、いつ茜が戻ってくるのかと、とても気にしているらしい。喧嘩友達がいないのを寂しがっているのだろう。

文太の、いつも汚れて真っ黒な顔を思い出すと、茜はここでの生活はおとなしすぎると、つくづく思ってしまう。

手紙に書かれているのは、ごく普通の日々のことばかり。それは、かつては茜のものであった生活だ。だが、今ははてしなく遠い気がする。懐かしさに涙がにじんできた。それをぬぐって、茜は手紙を読み続けた。

二日前に届いた手紙には、もうじき休暇で兄達が帝都から戻ってくると書いてあった。長男の雄一郎《ゆういちろう》は軍人に、次男の宗次《そうじ》は学者になるために、それぞれ勉学に励んでいる。どちらも茜の自慢の兄達だ。

二人は、茜が天鵺家に行ったことをまだ知らないはずだ。そのことは戻ってきたら話すつもりだと、両親も書いている。そのことが少し心配だった。

歳の離れた妹が、自分達の知らない間に別の家の養女となったと知ったら。あの兄達のことだ。問答無用で茜を連れ戻しにやってくる、なんてこともしかねない。「どうしたものでしょうねえ」と、母もかなり思い悩んでいる様子で書いてあった。

だから茜は返事の手紙を書いた時、自分がこれまでに送った手紙を兄達に読ませてはどうかと助言した。茜がこちらでの生活を楽しんでいるとわかれば、兄達もしぶしぶながら納得してくれるだろう。二人の渋面が今から見えるような気がした。

「会いたいなあ。雄一郎兄様と宗次兄様に会いたいなあ」

雄一郎と宗次は二つしか歳が違わないせいか、昔から仲が良い。どちらも意志が強く、腕っ節が強く、行動力がある。間違っていると思ったら、大人にも敢然と立ち向かう頑固兄弟として、近所でも有名だ。

その二人が、そろって茜にだけは甘かった。茜が幼い頃、若い酔っ払いに泥を投げつけられて泣いて帰ってきた時は、二人してさっと出ていき、夜になるまで帰ってこなかった。あとで聞いた話によると、兄達は妹を泣かせた男を見つけ出し、袋叩きにしたのだという。男は、二度とこのあたりをうろつかないと、血判まで捺させられ、やっと勘弁されたのだとか。その時、雄一郎は十五歳、宗次はまだ十三歳の少年だった。

そういう兄達に守られ、遊んでもらって育ってきたのだ、茜は。

兄達に無性に会いたくなった。巣籠りのお役目が無事に終わったら、燕堂に里帰りをお願いしてみよう。兄達の休暇が終わるまで、沖野家に戻っていていいように、はからってもらおう。楽しい想像に、ようやく気分が高揚してきた。

すでに心細さは感じなくなっていた。手紙を読む前は、じわじわと、重苦しいものが下腹のあたりにたまって、うごめいているような感じだったのだが。それが、呪文を唱えたかのように消えていた。一人であるという不安もだ。静まり返った屋敷のことも、気にならなくなる。

家族への思いが、ほっこりと茜を包みこんでいた。まるで霊験《れいげん》あらたかなお守りを持っているかのようだ。

ありがたいなと思いながら、もう一度、手紙を最初から読み返していくことにした。

だが、しばらくすると、なんだかおかしなことになってきた。目で字を追っていくのが、おっくうになってきたのだ。無理に読み進めようとしたが、頭の芯のほうがぼんやりして、文章が頭の中にきちんと入ってこない。

眠いんだと、茜は思った。一瞬、変だとも思った。まだ眠くなるような時刻ではないはずなのだが。だが、不審に思うのも面倒くさく感じられた。そんなの、どうだっていいではないか。眠いのだったら、もう寝てしまおう。

寝巻に着替えようとして、ふと思い出した。明日までこの恰好でいるようにと、静江から言いつけられていたのだった。着替えなくていいなんて、なんだか得した気分だ。

ふとんを引っぱり出し、もぐりこもうとした時だ。目に小さなものが飛びこんできた。簞笥《たんす》の前に何かある。茜は気になり、そちらに這いよった。

それは、さっき茜が放り出した人形だった。あごにほくろがある、自分を思わせる女《め》童《わらわ》人形。さっきはひたすら気味が悪かったが、今は違った。眠いせいもあるのだろうが、妙にかわいく愛しく思える。

「あんたもお布団で寝たいよね?」

茜は人形を抱いて、布団に横になった。念のため、明かりはつけっぱなしにしておくことにした。

『若君、今頃どんなことをしているのかしら? 戻ってきたら、儀式のことを教えてもらおう』

そんなことを考えているうちに、本物の眠気が忍び寄ってきた。何度目かのあくびをした時だった。

ぎちぎち。

かすかな音がした。眠りかけていた茜であったが、本能的に音に耳をすました。聞きなれない音だった。いったい、なんの音だろう。

いったん聞こえだすと、音は茜の耳から離れなかった。途切れることなく続いている。気のせいだろうか。だんだんと、こちらに近づいてきているようだ。

この音の正体を知りたい。

ぼんやりと鈍った感覚の下から、好奇心が頭をもたげてきた。もしかしたら警戒心だったのかもしれない。

ともかく、茜はだるい体を起こした。置き去りにするのは気がとがめたので、人形は懐《ふところ》にしまい、机の上のランプに手をのばした。ずっしりと重いそれを持ち、そっと部屋から出た。

廊下に出ると、音はいっそうはっきり聞こえてきた。うわわんと、こもるような、空気が震えるような鈍い音もまじっている。

体がむずがゆくなるような音を我慢し、茜は音のするほうへ踏み出していった。

廊下は墨を流したように真っ暗だった。茜のランプだけが唯一の明かりだ。いつもの茜であれば、あっさり恐怖に負け、音の正体などどうでもいいと、部屋に駆け戻っていただろう。だが、今夜に限って、その暗闇をなんとも思わず、少女はそのまま歩き続けた。

やがて廊下の終わりにやってきた。音は、この角の向こうから聞こえてくる。音を出しているものが、この向こうにいるのだ。

茜は角からそっと顔を突き出した。何も見えなかった。黒々とした闇がすぐ目の前にたたえられている。

そこでランプを突き出してみた。と、ちかちか光を反射してくるものがあった。無数の、砂粒のように小さな光だ。

その正体を知った時、茜は夢を見ているのだと思った。黒光りする甲虫《こうちゅう》の大群が、自分からさほど離れていない場所に迫ってきていたのだ。

すさまじい光景だった。茜の親指の爪くらいの甲虫が、床と言わず壁と言わず、びっしりと張りついている。天井にもだ。光の届くかぎりの場所は全て、虫におおいつくされており、さらに闇の奥からわいてでてくる。とにかく途方もない数だ。

虫どもはそれぞれにうごめいており、それでいて一つの波のように動きがまとまっていた。一塊となって、ゆっくりとこちらに近づいてくる。

ぎちぎち。ぎちぎち。

彼らの首が左右に振られるたびに、きしむような音が立つ。うわわんという振動は、虫達が進むたびにわき起こるものであった。

わきあがってきた恐怖が、寝ぼけていたような感覚を押しのけた。濁《にご》っていた頭の中がすうっと冴えていく。

逃げなくては。今すぐ逃げなくては。

混乱の極みの中で、その考えが光のように差し込んできた。

茜はそっと首を引っ込めようとした。その拍子に、さらさらっと、髪が壁にこすれて小さな音を立てた。

しんと、その場が静まり返った。動き続けていた虫達が、いきなり死んだように動かなくなったのだ。音という音を消し、何かの気配を探っているかのようだ。

この時、茜は動くべきではなかった。断じて身動きするべきではなかったのだ。だが、不自然な沈黙に、十三歳の少女は耐えられなかった。思わず一歩さがってしまったのだ。

ぎしっと、小さく床が鳴った。

自分が立てたかすかな音に、茜はさっと血の気が引いた。

『まずい！』

今の音が、虫達に聞こえなかったはずがない。さっさとここを離れなければ。だが、今度は体が動かなかった。恐怖のあまり、すっかり力が抜けてしまったのだ。

震えている茜の前で、ふたたび虫達が動きだした。だが、今度は前に進むのではなく、一つにまとまり、高く積み重なり始めたのだ。

みるみるうちに、虫の山ができあがっていった。妙にあちこちがでこぼこした山だ。何かに似ている。

「ひっ！」

茜の喉からかすれた悲鳴が押し出された。今回ばかりは悲鳴をこらえきれなかった。虫達が作り出したのは、人間の顔、それも女の顔だったのだ。

闇色の虫でできた女の頭。長い髪は天井へと逆立ち、蛇のようにうねっている。その髪すらも、虫でできている。

と、巨大な目がかっと見開かれた。ぽっかりと、くぼんだ穴が現れた。女には目玉がなかったのだ。深くうがたれた二つの穴。その穴の中の暗闇が、茜を捕えた。唇が開き、ざあざあという雑音だらけの、奇怪な声があふれでた。

見つけた。

確かにそう言った。ただれそうな悪意に満ちた声音《こわね》に、ついに茜の金縛りが解けた。くるりと身を翻《ひるがえ》し、茜は全力で走りだした。重たいランプは途中で投げ捨てた。持っていては走れない。

ざざあっと、後ろから追ってくる音がした。無数の虫がいっせいに茜のあとを追って、壁や天井を走ってくるのだ。

真っ暗であるにもかかわらず、茜は目の前がぐらぐらゆれているのを感じた。何も見えないが、自分が気絶寸前なのはわかった。

だめだ。ここで倒れたら、虫に追いつかれてしまう。あの女の首に食われてしまう。

死に物狂いで、足をもつれさせながらも走り続けた。自分がどこにいるのか、まったく見当がつかなかった。こうなってはもう、自分の部屋に逃げこむこともできない。

とにかく、どこか安全なところへ。後ろのものから、一歩でも遠くへ。

それしか頭に浮かばなかった。

どかっ！

突然、頭に衝撃が走り、茜は体が床に呑みこまれるような感覚を覚えた。夢中で逃げ回っているうちに、どこかの柱か壁にぶつかってしまったらしい。なんの身構えもしていなかったので、受けた衝撃はすさまじかった。

そのまましばらく気を失っていたのだろう。次に我に返った時、茜は床に横たわっていた。

慌てて身を起こすと、目の前に小さな無数の光が見えた。光はまたたきながら、何か大きなものの輪郭を浮かび上がらせていた。

茜は気づきたくない真実に気づいた。自分は、あの女の首の前にいるのだ。

「ぎゃあああっ！」

這いつくばって逃げようとしたが、周囲からぎちぎちと激しい音が立ちのぼってきた。あの虫どもだ。囲まれている。

どこにも逃げ場はなかった。茜は死ぬほどおびえながら、首のほうに向き直った。こちらに叩きつけられる悪意と憎悪に、心臓が止まりそうだった。

「お、お、お、ね……」

お願い。助けてください。

たったそれだけの言葉が言えなかった。歯の根があわないほど震えてしまって、立ち上がることすらできない。こんなに純粋に何かを怖いと思ったことはなかった。温かい液体が足を伝っていくのが、ぼんやりと感じられた。もらしてしまったのだ。だが、恥ずかしいと思う余裕などなかった。

女が黒い唇を歪め、にいっと笑った。笑った女は、さらに恐ろしいものに見えた。茜は見ていられず、目を閉じた。

女が笑う気配がした。その笑い声は、周囲の虫どもの立てる音と入りまじり、不気味に闇に流れていく。

「やっと、捕まえた。やっと。これで、天鵺家も終わり」

奇怪な、人間離れした声だった。

茜ははっとまぶたを開いた。女が大きく口を開けていた。あんぐりと、これ以上なく開かれた暗い口。その奥から、何かがひらひらと飛び出してきた。

それは大人の手のひらほどもある蝶だった。その濃紫の羽には、禍々《まがまが》しいまでの真紅と、心を病ませるような瑠璃《るり》色が、妖しい模様を描き出している。

まるで鬼火のように羽ばたきながら、蝶は茜のもとに舞い降りてきた。大きな羽が茜の鼻先をかすめた時、甘くて、それでいて鼻の奥がちくちくするような匂いがした。毒の匂いだ。この蝶は毒をまとっているのだ。

うっかり素手で払いのけることはできなかった。どのみち、体はぴくりとも動かない。硬直して、なすがままになっている少女の胸元に、蝶がゆったりと止まった。

目を張り裂けんばかりに見開きながら、茜は蝶を見下ろした。これまで見えなかった表側の羽が見えた。複雑な模様の渦の中、ひときわくっきりと、大きな目玉模様が浮かんでいた。

真っ赤な目玉だった。したたる血のように赤い。その中に、小さな金色の点が浮かんでいる。両の羽に一つずつはりついた目玉は、じっとこちらを睨んできた。茜はますます動けなくなってしまった。

蝶はしきりに触角を動かし、茜の胸元をさぐっていた。と、すっと体の下に隠していた舌をのばしてきた。針のように鋭いそれは、何かの臓物のように赤黒く、ぬらぬらと光っていた。

この舌で心臓を貫くつもりだ！

「やめて……や、やめてよぉ」

すすり泣きながら、茜は慈悲を乞うた。だが、蝶はかまわず舌を差しこんできた。舌は着物をやすやすと突き通り、柔らかな肌に届いた。

茜の胸に、飛び上がるような鋭い痛みが走った。続いて、何かが吸い上げられる不快な感触。

「いやあああっ！」

絶叫した次の瞬間、痛みが消えた。舌が引き抜かれたのだ。

胸を押さえてうずくまりながら、茜はそれでも顔をあげた。蝶が女の口に戻るのが見え、そして女がぎょっとしたように顔をこわばらせるのが見えた。

「違う。これは……天鵺家の嫡男ではない」

なぜじゃと、女の首は繰り返しつぶやいた。

「匂いも気配も……憎い天鴉家のものなのに。なぜ血だけが違う？　娘の血……他人の血……身代わりか！」

女のくぼんだ目の穴が、茜をもう一度見た。呆然とした表情が憤怒の形相に変わるまで、まばたきするほどのまもなかった。

「だましたなぁぁぁぁ！」

獣のような叫び声を放つなり、女の顔がぐしゃりとつぶれた。顔を作り上げていた虫達が、なだれのごとく崩れたのだ。

そのまま虫達は茜に押し寄せてきた。茜はとっさに体を丸めて身を守ろうとしたが、怒れる虫の大群に、そんなものが通用するはずもなかった。

鋭い牙を持つものが、いっせいに全身にむらがるのがわかった。着物を噛み裂き、髪の中にもぐりこみ、肌を食い破らんと、襲いかかってくる。

首筋に最初の痛みを感じたところで、茜は闇に落ちていた。

# 8

少女は喜びに満ちていた。はずむような足取りで、前を歩く兄を追っていく。兄は、生い茂ったやぶを払いのけ、後ろから来る妹のため、歩きやすいように道を作ってくれている。その大きな背中を見ているだけで、少女は嬉しさと安堵がこみあげてくるのだ。

大好きな兄上様。

いつも自分をかわいがってくれる、歳の離れた兄。父が亡くなり、若くして一族を率いることとなって以来、その顔立ちは厳しく、めったなことでは笑わなくなってしまったけれど。兄の中にある優しさは決して変わらないと、少女は思っていた。

だが、優しさと有能さは、また別のものだ。そして、老獪《ろうかい》な者どもにとっては、跡目を継いだばかりの若い棟梁《とうりょう》は、恰好の獲物だった。

政敵によって、兄は先祖代々の土地を奪われ、一族は流浪の民となった。追われ、おびえ、飢えて……。むざむざ土地を奪われたことを、兄がどれほど悔やみ、恥ずかしく思っているか、少女はよく知っていた。

だが、昨日、兄はこう言った。

もう逃げることはない。富を見つけたのだ。我々はこの土地で生きていくぞ。

みなは喜び、その富とやらのことを詳しく聞きたがった。だが、若き棟梁はそれはまた改めて話すと言って、決して口を割らなかった。

そして今日になって、そっと妹に耳打ちしてきたのだ。森の中で見つけた富を、おまえに最初に見せてやろうと。

兄の気持ちだと、少女は喜んだ。

そうして、二人は森の中に入ったのだ。

初めて入る森は暗く、茂みは深く、大気は重かった。まるであちこちから嫌なものが立ちのぼってくるような、そんな邪悪な気配がする。それでも、少女は平気だった。大好きな兄がそばにいてくれたから。

やがて、奇妙な場所にやってきた。手のような形をした大きな黒い岩が、地面からはえている。自然の産物とはとても思えない不気味な岩に、少女は思わず息をのみ、あとずさりした。

と、兄が振り返ってきた。その目は赤く燃え、涙があふれていた。

許せ！

叫ぶなり、兄は腰の刀を引き抜いた。白く光る刃《やいば》が自分に向かって振りおろされるのを、少女はびっくりしながら見つめていた。

気がつけば、少女はあの黒い岩の上にいた。兄の後ろ姿が見えた。自分を置いて、去っていく。

待って、兄上様！

叫ぶと、兄が振り返った。その目が信じられないとばかりに見開かれた。次いで、顔が大きく歪んだ。嫌悪と、恐怖で……。

化け物。

兄の口から出てきた醜い言葉に、少女は戸惑った。

なぜ兄上様は、そんなむごいことをおっしゃるのだろう？　辛苦を共にしてきた、たった一人の妹なのに。

と、兄が走りだした。背中に火でもついているかのように、必死に逃げていく。自分の妹から逃げていく。

少女は叫んだ。

行かないで！　どうして？　なぜ捨てていくのです？　どうして？　どうして？

だが、必死の呼びかけにも、兄は止まらない。

このままでは本当に置いていかれてしまう。追わなくては。

少女もまた走りだした。自分がどうやって走っているのか、少女は気づいていなかった。もはや手足も体もないことに、気づいていなかった。それでも動ける。走れる。だから兄を追った。

追いすがると、兄は悲鳴をあげた。

来るな！　化け物！

刀を振りまわされ、悲鳴まじりの怒号をあびせかけられ、少女は初めて怒りがこみあげてきた。次いで、心が闇に染まるのを感じた。その闇は、憎悪という苦味に満ちていた……。


はっと気づいた時、茜は自分の部屋に寝かされていた。じっとりと、体が汗をかいているのを感じた。喉のまわりがしめつけられているかのように息苦しい。自分が何者で、どこにいるのか、一瞬わからなくて混乱した。

『夢を、見ていた？』

そうだ。とても嫌な夢を見ていた気がする。夢の中で、茜は自分ではない誰かになりきって、大好きな人と一緒に深い森の中を歩いていた。でも、その大好きな人は、茜を裏切って、ひどいことをしたのだ。とてもとてもひどいことを。それが許せなくて、体がふくれるような憎しみがあふれてきて、それから……。

『それから……どうなったんだっけ？』

　頭がずきずきして、それ以上は思い出せそうになかった。

　茜は夢の残滓《ざんし》を振り払おうと、ぼんやりとまわりを見た。天鵺家の女中が二人と、天鵺家のかかりつけの医者の姿があった。

「おお、目が覚めたかな？」

　目を動かしている茜に気づき、医者は喜ばしげに近づいてきた。

「よかったなあ、気がついて。おじょうちゃんは四日も目を覚まさなかったんだよ」

「……………」

「寝冷えして、夏風邪をひいたんだろう。それだけだったら、こうも悪化しなかったんだが。一人で留守番していた時に、具合が悪くなったというのが、運が悪かったなあ。処置が遅くなって、そのぶん悪化してしまったんだろう。だが、もう大丈夫だ。すぐに元気になる」

　夏風邪。

一人で留守番していた時に。

運が悪かった。

医者の言葉が、頭の中でぐるぐると回る。

茜は布団から出ている自分の手を、なんとはなしに見てみた。手、それに腕には、茶色のそばかすのような斑点が無数に浮かんでいた。よく見ると、それらはごくごく小さなかさぶただった。まるで何かに噛まれた痕《あと》のようだ。

噛まれた！

やっと記憶がはじきだされてきて、茜は全身をこわばらせた。

違う。風邪なんかじゃない。襲われたのだ、得体の知れない魔物に。虫を操る、恐ろしい女の首に。

茜は自分が味わった恐怖を語ろうとした。だが、喉はつぶれたようにごろごろとしており、何も言えなかった。ひゅうひゅうと、か細い息だけがもれていく。

もどかしさに、涙がこぼれた。だが、医者はその涙の本当の意味には気づいてくれなかった。

「よしよし。怖かったんだなあ、一人ぼっちで。でも、もう大丈夫だ。泣かなくていいんだよ」

勘違いしているとはいえ、医者の声は優しくて温かかった。茜はその腕にすがりついて泣きじゃくった。大人の腕の中で泣けることが、妙に嬉しかった。

それからしばらくして、静江が部屋に入ってきた。

「茜様が目を覚まされたと聞きましたが？」

「ああ。もう心配はいらんよ。体はまだ弱っているが、もう熱もないし、発疹もだいぶ消えてきた。あとは滋養のあるものをたっぷり食べさせればいい。一週間もすれば床払いできるだろうさ」

「それはなによりのことです。……茜様と少し二人きりでお話ししたいのですが」

「かまわんとも。そろそろ、わしも失礼しようと思っておったところだ。じゃあな、おじょうちゃん。焦って無理はせんようにな」

医者は女中を引き連れて出て行った。

二人きりになると、静江は茜の枕元にやってきた。その顔は奇妙なほど表情を欠いていた。

静江はゆっくりと切り出した。

「……あなたは、離れのほうの廊下で倒れておいででした。着ているものはずたずたで、全身に赤い発疹が広がっていて……襲われたのですね、虫に？」

「あ、あああ、あ……」

茜は夢中でうなずいた。声が出なかったので、唇を必死で動かして、何度も同じ言葉を作った。その唇の動きを、静江は読みとってくれた。

「く、び……女の首を見たのですか？」

「あ、あっ！」

「そうでしたか……」

しばらく黙りこんだあと、静江はなんとも言えない目で茜を見た。

「茜様が見たのは、黒羽ノ森の主《ぬし》です。虫どもを操る魔物で、森を封じている天鵺一族を心底憎んでいる。まさか結界を破って、屋敷内に入りこむとは思いもしませんでした。これは私の失敗です。茜様にはとんでもないご苦労をおかけしてしまいました」

深々と頭をさげてから、静江は強靭《きょうじん》な光を目にたたえて言った。

「ですが、誓って申し上げます。もう二度と、このようなことが起きないようにいたしますので。家の結界を張り直し、二度と茜様の前にかのものが現れぬよう、処置いたします。どうかご安心を。そして早く元気になってください。若君も、茜様のことをそれはもう心配しておられますから」

若君！

茜は気遣わしげに静江を見た。少女の問いを読みとり、静江は初めて微笑んだ。

「大丈夫です。若君は無事に羽そろいの儀を終えられました。これでまた一つ、守りの儀式がはたされたのです。茜様のおかげです」

茜は体の力を抜いた。もう大丈夫だと、静江が断言してくれた。若君も無事だという。もう何も心配することはない。やっとそう思えた。

安堵の息をつく少女に、ふいに思い出したように静江は言った。

「そうそう。茜様が発見された時、このようなものが茜様の横にあったのですが」

静江はふくさ包みを懐《ふところ》から取り出し、広げてみせた。そこには、土くれのようなものがあった。のぞきこみ、茜は目を見張った。

それは千鳥からもらった人形だった。が、見る影もないほどにばらばらにされ、砕かれてしまっている。白土でできた顔や手など、ほとんど粉々になっていた。

「これは人形ですよね？　見覚えがないものですが……誰かからいただいたのですか？」

静江の目の奥に探るような気配があることに気づき、茜はとっさに覚えていないふりをすることにした。本能的に思ったのだ。人形の贈り主を明かしてはいけないと。

不思議そうな顔をしてかぶりを振り続ける少女を、静江はじっと見ていた。やがて目を細めてうなずいた。

「覚えていらっしゃらないのですね。残念です。この人形を茜様にくださったお人に、ぜひともお礼を申し上げたかったのですが」

どうしてという顔をする茜に、静江は淡々と説明した。

「人形は、古来から持ち主を守る呪具とされております。虫に襲われた時に、あなたがこの人形をお持ちでなかったら……恐らく助からなかったことでしょう。この人形は、茜様の身代わりとなって、虫の呪いを半分引き受けてくれたのです。そして役目をとげて、ばらばらになったのでしょう」

「……」

「とにもかくにも運のよいことでした。……お腹がすいたのではありませんか？　今、お粥《かゆ》をたかせておりますから。できあがりましたら、すぐにお持ちいたします」

それでは失礼いたしますと、静江は出て行った。だが、茜はほとんど上の空だった。

自分が助かったのは人形のおかげだった。では、千鳥は茜を守るために、人形をくれたというのか？　いや、千鳥は人形の持つ力のことなど、何も知らなかったのかもしれない。ただ気まぐれで、一人で残る茜をかわいそうに思って、人形をくれたのだろう。

いずれにせよ、千鳥のおかげで助かったのだ。元気になったら、一度千鳥のもとを訪ねよう。お礼を言わなければ。

考えをまとめると、茜は頭を枕に戻し、目を閉じた。まだまだだるくて、起きているのがつらかった。粥がくるまで、もう少し眠っておこう。

一方、茜の部屋を出た静江は、台所には向かわず、まっすぐ奥の小さな部屋へと向かった。そこに、天鵜燕堂とその息子の椋彦が待っていた。

やってきた静江に、二人は鋭い目を向けた。

「娘が目覚めたと、医者が言っておったぞ」

「はい。まもなく全快することでございましょう」

静江の答えに、燕堂は忌々《いまいま》しげに舌打ちをした。

「こんなことは計画にはなかったぞ。あの娘はあの夜に死ぬはずだったのだ。念入りに準備をしておいたはずなのに。どうしてしくじったのだ？」

「……どなたかの横槍が入ったようにも思われるのですが、一概にそうとばかりは言いきれません。あの娘の運のよさというのもあるでしょう」

「そんなことよりも、大事なのは天鵜家のことだよ」

きっぱりと椋彦が言った。

「あの娘が生きていて、なんら障《さわ》りはないのだろうね？」

「はい。それは心配ございません。すでに屋敷は清めてありますし。娘の体からも呪いは消えました。……じつに強い娘です」

「……その強さが鷹丸に備わっていれば、どんなによかったことか」

ねたましげな吐息が、椋彦の口からこぼれでた。

燕堂が言った。

「まあ、障りがないというのなら、よしとしよう。とりあえず、鷹丸は無事に儀式を終えられたのだからな。それにしても静江、おまえも大胆なことをするものだ。鷹丸を守るためとはいえ、屋敷にかのものを誘いこむとは。おまえにはおまえの母親以上の度胸があるな」

「ありがとうございます」

静江はうやうやしげに礼を言った。

「それで、あの娘はどうする？　巣籠りが終わった以上、あれにはもう用はあるまい？　何かしら理由をつけて、実家に追い返すか？」

「いや、お父さん。この家で起こったことを外にもらされると困ります。人の噂というものは厄介ですからね。天鵺家には何かが取り憑《つ》いている、などと噂になってしまったら、今後の事業などにも差しさわりが出てくる」

「それもそうだな。では、ひと思いに片づけてしまうか」

「そのほうがさっぱりしますよ。風邪をこじらせたと言えば、実家の親達もあきらめるでしょう。身の程もわきまえずに、何かと娘のことを尋ねてくるうるさい連中でしたからね。あれらから解放されると思うと、じつに清々しい気分だ」

椋彦も燕堂も、恐ろしいことを平然と言い放つ。そんな二人に、静江が静かに申し出た。

「そのことなのですが、大旦那様、旦那様、あの娘の始末は私にまかせていただけませんか？」

「何かいい手があると言うのかい、静江？」

「はい。前々から考えていたあのことに、あの娘を使ってみようと思うのです。あの娘ならば、うってつけのような気がいたしますので」

「しかし……あれはだいぶ天鵺の血が薄いぞ。それでも使えるのか？」

「問題ないかと。大事なのは、あの娘の強さですので。ただ、ことをなすのには時間がかかります。どうかしばらくの間、これまでと同じようにあの娘を生かしておいてくださいませ」

「……静江がそうまで言うのなら、そうするとしよう。だが、あのがさつな子が我が物顔で屋敷内をうろついていると思うと、どうも気に障っていけないよ」

端整な顔を憎々しげに歪める椋彦に、静江はなだめるように微笑みかけた。子供らには見せたこともない、艶めいた笑みだった。

「しばらくの辛抱でございます、椋彦様。年内には、私の術も完成しましょう。そのために少々手配していただきたいものがあるのですが……」

薄暗い狭い部屋の中で、闇よりも暗い密談が進められていった。

# 9

茜はいったん実家に帰されることとなった。

この屋敷では何かと気が休まるまい。容体も少し落ち着いたようだし、これなら車での移動も可能だろう。完全に治るまで、実家で養生するといい。

燕堂翁の言葉を静江から伝えられた時、茜は思わず心の中で笑ってしまった。燕堂のほうからこんなことを言いだしたのは、病人をこれ以上屋敷に置いておきたくないからだろう。

とっさにそう思ってしまった自分の卑屈《ひくつ》さに、つくづく嫌気がさした。ここに来る前は、人の言葉を勘ぐるなんてことはなかったのに。

とはいえ、実家に帰れることは息が止まるほど嬉しかった。

目が覚めたその日のうちに、茜は毛布に包《くる》まれたまま下男に抱えられて、車に運ばれた。

鷹丸は見送りに来てはくれなかった。恐らく静江が止めたのだろう。万が一でも若君に病《やまい》の種を移してはならないと、神経質になっているに違いない。

いつもの天鵺家のやりくちだとわかっていたので、茜は怒りは感じなかった。それに、今は若君にも会いたくない。茜自身にも、時間が必要だったのだ。あれだけ怖い思いをしたあとでは、もとのように若君と遊べる気がしなかった。

今必要なのは友達ではなく、思いっきり甘えられる家族だった。茜が本当に癒《い》えるためには、やはり家族のもとに戻らなければならないのだ。

力強い音を立てて、車が走りだした。

一度だけ、茜は天鵺屋敷を振り返った。黒い森を背にした、巨大な屋敷。威圧的で、陰気なたたずまい。

『もしかしたら、ここにはもう戻ってこられないかもしれない』

もともと、鷹丸以外の天鵺家の人達は、茜に無頓着だった。大事な儀式の日に病気になるような娘はもういらないと、縁切りを突きつけてくるかもしれない。天鵺家の性質を考えれば、おおいにありえそうなことだ。

そうなったらいいのにと、茜は淡い期待を抱いた。あの屋敷に戻らずにすむのなら万々歳だ。ただ一つの気がかりといえば、やはり若君のことだった。

『若君は……あたしがいなくなったら、どうするだろう？　悲しんで、ごはんを食べなくなったりしないといいんだけど』

　でもきっと、静江がなんとかするだろう。

　若君のことを頭から振り払い、茜は自分の家のことだけを考えることにした。

　車はひたすら走り続け、夕方頃に沖野家に到着した。

　突然帰ってきた茜に、両親は驚くやら狂喜するやらで、大変な騒ぎになった。沖野家には、今日茜が戻ってくることも、茜が病気になって倒れたことも、いっさい知らされていなかったのだ。

　すぐに部屋に布団が敷かれた。父は薬が足りんと薬屋に走り、母とばあやの留は茜のために、せっせと飴湯と粥《かゆ》をこしらえてくれた。

　温かいなと、茜はしみじみと思った。

　ひさしぶりに帰ってきた家は、天鵺家に比べると何もかもが地味で質素だった。だが、ここには天鵺家にはない温もりと安らぎが満ちている。そのほこほことした心地よさは、心身ともに弱っていた茜にとって、なによりの薬だった。

　茜は母がこしらえてくれた粥を食べ、ばあやの特製しょうが入り飴湯を飲み、父が買ってきた薬を飲んで、こんこんと眠った。天鵺家では味わったことのない、しっかりとした眠りだった。

一度だけ、夜中に目が覚めた時、ふすまの向こうで父と母が話している声が聞こえた。

「あの子からの手紙が急に途絶えたから、何かあったのだろうとは思っていたが……病気ならそうと、天鶫家も一言教えてくれればいいものを」

「冷たい人達ですよ」

「……向こうに帰したくないな」

「ええ。でも……手紙には元気になったら、また屋敷によこすようにと書いてありました」

「そんなもの！　無視すればいい」

「ですが、もしここで天鶫家の援助を切られてしまったら……私達はいいとしても、うちで働いてくれている人達が困ることに……」

「……………」

無念そうに父と母が口をつぐむ気配がした。

茜はがっかりした。天鶫家は茜を手放すつもりはないのだ。今の話からそれがわかった。それなら……実家にいる時をできるだけ楽しく過ごすとしよう。茜はそう決めた。

慣れ親しんだ家にいることは、思っていた以上の効力があった。なんと、茜は家に帰って二日で、床払いしてしまったのだ。あばたのようだった全身の嚙み傷も、きれいに消え去った。

嬉しいことは重なるもので、同じ日に雄一郎と宗次が帰ってきた。兄達はそれぞれ茜のために帝都の土産をどっさり買ってきてくれていたが、そんなものよりもなによりも、兄達に会えたことが茜にとっての最高の土産だった。

家族水入らずで食事をし、おしゃべりをする。以前は当たり前であったことが、今は宝のように貴重に思えた。茜は思う存分、家族に甘えた。兄達の帝都での話を聞き、おおいに笑ったり、しゃべったりした。

兄達は、茜が天鵺家の養女になったことを知って驚き、次いで怒った。

「今すぐ茜を返してもらうべきですよ、お父さん」

雄一郎はきっぱりと言った。軍の訓練学校で鍛えられているせいか、いっそうたくましく、目も鋭くなっている。

「もうじき自分は訓練を終えて、軍に入ります。無事に将校になれれば、それなりの給料も出るし、この家の援助もできます。少し苦しい時期は来るかもしれませんが、みんなで乗り越えればいいだけのことだ。茜をよそにやる必要などありません」

「俺も兄さんに賛成です。茜は沖野家の子だ。他のどこにもやることはない」

宗次も目を据えて賛同した。こちらは植物学者を目指して、野山に分け入り、草木の観察や採集をしているので、一見すると、山男のようだ。

この二人の兄を相手にするのは、優しい両親ではちょっと厳しい。すかさず茜は口を開いた。

「兄様達ったら、変なの。あたし、すごくいい暮らしをさせてもらっているのよ？　なんでもあるし、毎日おいしいものだらけ。頼まれたって、天鵺家から出たくなんかないわ」

「茜。それ、本気で言っているのか？」

兄達の鋭い目がこちらを見る。さあ、一世一代の大芝居だ。茜はにっこりと笑ってみせた。

「もちろん。だって、毎日楽しいもの。若君もいるし。若君ってね、体は弱いけど、頭はいいの。それに優しくてね、なんでも自分のものを分けてくださるの。走り回ったりする遊びはできないけど、一緒に本読んだり……じつはね、木馬にも乗らせてもらったんだけど、揺らしすぎて、ひっくり返っちゃったのよ、あたし。おしり打って、その痛かったことと言ったらなかったんだから」

茜は身振り手振りをまじえて、天鵺家での豪華な生活をしゃべりにしゃべった。もちろん、奇怪なしきたりや儀式の夜に起こった出来事のことは、いっさい話さなかった。ああいうことは、ちらとも匂わせないほうがいい。

あれは穢《けが》れだと、茜は思っていた。誰かに話せば、穢れは染みのように、その誰かにも移り、広がっていってしまう。

だから誰にも話さない。大事な家族には特に。

ちらっと兄達のほうをうかがってみると、険しかった目が少しずつ和らいできている。ひとまずほっとした。

ひとしきり茜が話し終えると、雄一郎がしぶしぶとうなずいた。

「まあ……茜がそこにいて幸せだって言うのなら、それはそれでかまわないが……変なことになったり、いじめられたりしたら、すぐに戻ってくるんだぞ？　いいな？　あれだったら、帝都の訓練学校に電報を打ってくれればいい。すぐに俺が迎えに行ってやるから」

「兄さんが行けない時は、俺が行ってやるからな」

「ありがと。でもね、帰りたいなんて、絶対思わないから、安心してね」

特大の嘘を、茜はついてみせた。

二人の兄の休暇は短く、七日で帝都に戻ることになっていた。限られた休みを、二人は茜のために使ってくれた。あちこち遊びに連れていってくれ、なんでも話し、楽しませてくれた。茜にとっては夢のような時間だった。

だが、兄達はじきに帝都に戻り、茜もまた天鵺家に戻らなければならないのだ。

茜が全快したことを、天鵺家はどこからか聞きつけたらしい。やんわりとだが、とっと天鵺屋敷に戻すようにと、手紙が届いたのだ。

両親は苦虫を噛み潰したような顔をしながら長い間話しあい、息子達の休暇が終わったら茜を屋敷に送ると、返事を書いた。

兄達の休暇が終わると同時に、自分の休暇も終わる。

そう聞かされた時、茜は顔には出さなかったが、ずんと、みぞおちに重石が落ちてくるような思いを味わった。だが、少しだけ、ほんの少しだけ安堵もしたのだ。

そんな自分に驚いた。

天鵺家に戻るのを喜ぶなんて。あそこは恐ろしくて、冷たい空気に満たされているのに。

いや、戻りたくないのは本当だ。本心からの思いだ。それは間違いない。だが……何かが心に引っかかり、天鵺屋敷へと引き寄せようとする。これはきっと、家に帰ってからも感じていた胸のざわつきに、関係しているに違いない。

家族と楽しく団欒していても、時々何かが心に引っかかることがあった。急に胸がざわついて、かきむしられるような苦しさがやってくる。そうした時、必ず頭に浮かぶのは天鵺屋敷だった。

帰らなくてはと、とっさに思う。そして、なんでそんなことを思うんだと驚いてしまう。自分のものとも思えない考えに、不安を覚えた。まるで自分の中に別のものがいるみたいだ。それとも、天鵺という名の亡霊に憑《つ》かれてしまったのだろうか。

だが、茜はそのことを誰にも言わず、にこにこと明るく振舞い続けた。

楽しい時間はあっというまに過ぎ、最後の夜がやってきた。母が腕をふるって作ったごちそうを、みんなでお腹いっぱい食べ、のんびりと過ごした。すばらしい時間だった。

『でも、これももうすぐ終わってしまう。明日になれば……あたしはまた天鵺屋敷にいることになるんだ』

急に胸が苦しくなってきて、茜はちょっと庭に出て空気を吸ってくると、居間から逃げ出した。

庭で一人になると、普通に呼吸ができるようになった。

この苦しさは寂しいからだ。怖いからじゃない。巣籠りの夜は終わった。あの屋敷にはもう怖いものはいない。怖いものは現れない。あそこは安全だ。大丈夫だ。戻ったって平気だ。

自分に言い聞かせていると、ふいに後ろに気配を感じた。振り向くと、のっそりと宗次《そうじ》が庭に出てくるところだった。茜は慌てて笑顔を作った。

「あれ？　宗次兄様も空気吸いに来たの？」

「いや、おまえに話があって来た」

宗次はかっきりとした目を茜に向けてきた。

「なあ、茜。おまえ、本当は天鵺家に戻りたくないんじゃないのか？」

茜は思わずよろめいた。単刀直入な問いかけに、殴りつけられるような衝撃を食らったのだ。

「な、何言っているの？」

「俺も兄さんも馬鹿じゃない。お父さん達の態度がおかしいのも、おまえが時々おかしな目つきになるのも、ちゃんと気づいているんだよ。正直に言ってくれよ。おまえ、天鵺家に何をされたんだ？」

「……別に何も。親切にしていただいて……」

「嘘をつくんじゃない！」

びしっと、叩くような厳しさで宗次は言った。

「これ以上嘘をつくなら、俺も兄さんも黙っちゃいない。今から天鵺家に乗りこんで、向こうの連中から本当のことを聞き出してやる。ことと次第によっちゃ、屋敷に火をつけるくらいのことはしでかすぞ」

宗次は本気だった。目がそう言っている。茜は震えあがった。兄達の、いざという時の過激さはいやというほど知っているのだ。なんとかしてここで食い止めないと。食い止めるには、嘘ではだめだ。真実を言わないと。

茜は慎重に言葉を選びながら話していった。

「兄様。ほんとに話せないの。話したくないから。ただね、天鶫のお屋敷には若君がいるの。若君のために戻りたいの」

言ったとたん、茜は自分の言葉にはっとさせられた。

そうか。若君だ。若君のために、自分はあの恐ろしい屋敷に戻りたいと思っているのだ。

わびしげな笑顔の鷹丸。茜と一緒に食べると、ごはんがすごくおいしく感じると、はしゃいでいた鷹丸。とても天鶫一族の子とは思えない優しい子だ。素直で、恥ずかしがりやで、でも男の子らしい意地も持ち合わせていて。

ああ、会いたい。若君に会いたい。きっと今頃、すごく寂しがっているに違いないもの。孤独な少年の姿がまざまざと頭に浮かんできて、茜は一刻も早く戻らなくてはとさえ思った。

しかし、それは宗次には理解できないことだった。

「おまえ、馬鹿か？　若君と自分の幸せと、どっちが大事だ？　若君と、この家とどっちが大事なんだ？」

手厳しく言われて、茜は涙目になった。

「いじわる言わないでよ。もちろん家族のほうが大事に決まってる」

「じゃ、ほんとは戻りたくないんだな？　そうなんだな？」

もう嘘をつくことはできなかった。

「うん。戻りたくない。あ、待って！　ちゃんと聞いて！」

早くも立ち上がりかける兄に、茜は慌てて取りすがった。

「それだけ聞けば十分だ。おまえは天鵺家なんかに戻らなくたっていいんだ。今お父さん達にそう言ってやるから」

「待ってってば！　お願い！　戻りたくないのはほんとよ。でもね、戻りたい気持ちもあるの。これも本当なの！」

「はあ？　なんだ、それ？」

「兄様。聞いて。若君のこと、何度も話したでしょう？　若君はなんでも持っているけど、じつはなんにも持っていない子なの。すごくかわいそうなのよ」

鷹丸のことを話すうちに、心の奥でくすぶっていた天鵺家に対する怒りが少しずつ大きくなり、活力となって全身をめぐり始めた。同時に戻らなければという思いも、強くかたまった。

「天鵺家の人達って、はっきり言って、本当にひどいの。若君になんにもしてあげないの。いじわるもしないけど、かわいがったり、普通に一緒にごはんを食べることもないの。ただ物を与えて、飼っているだけ」

「……若君がそれじゃ……おまえもそういう扱いを受けているってことか？」

「でも、あたしには兄様達や父様達がいる。いざとなったら、どんなことがあっても助けに来て、あたしを守ってくれる。そうでしょ？」

「ああ。もちろんだ」

「でもね、若君にはそういう人がいないの。若君には頼れる人がいない。今ここで若君を見捨てたくない。嫌なの、そんなの。兄様だったらできる？　すごく気の毒な、一人ぼっちの友達を見捨てること、できる？」

「………」

宗次は何か口の中で毒づいた。そんな兄を、茜はじっと見ていた。

兄がどんなに反対しようと、自分は天鵺屋敷に戻るのだ。天鵺家のためじゃない。友達である鷹丸のために戻るのだ。決意はかたまっていた。

妹の顔を見て、宗次はため息をついた。

「わかった。だけどな、天鵺一族っていうのは、聞いているかぎりじゃ薄気味悪い連中だ。何かあったら、すぐに屋敷を出ろ。俺や兄さんが迎えに行くから」

「うん」

「そうだ。逃げ出したいって時の合図を、決めておいたほうがいいな」

「合図？」

「ああ。おまえが書く手紙は、向こうの連中に読まれている可能性があるからな」

茜はぞっとした。そんなこと、今まで考えもしなかったのだ。

ああ、言われてみれば確かにそうだ。茜と沖野家との手紙を、あの連中が検分していないはずがない。これまで何も言われなかったのは、茜達がお互い当たり障りのないことだけを書いていたからだろう。

だが、もし茜が「助けて」という手紙を書いたら。その手紙は決して家族のもとには届かない。そんな気がした。

青ざめる妹の手を、宗次はしっかりと握った。

「大丈夫だ。逃げ出したくなったら、封筒の中に葉っぱを入れろ」

「葉っぱを？」

「ああ。きれいな葉っぱを見つけたから送りますとかなんとか、手紙には書けばいい。それが合図だ。俺達はすぐに迎えに行く」

茜はようやく微笑んだ。この兄とは隠密ごっこをよくやったものだ。お互い忍者になりきって、のろしのあげ方や暗号などを考えた。

「隠密ごっこね」

「ああ。でも、今度は本物だ。ぬかるなよ」

にやっと宗次も笑ってみせた。頼もしい笑顔に、茜は胸がすっと楽になった。

いざとなったら、兄達が助けてくれる。そうだ。自分はどんな時も一人じゃない。守られているんだから。

だから戻ろう。家族という守りがない若君のところへ戻って、あの子を守ってやろう。

# 10

茜は天鵺屋敷に戻った。兄達が帝都に発った次の日に、早々と天鵺家から迎えの車がやってきたのだ。

車に乗せられ、家から離された時は、思わず泣いてしまった。

大丈夫大丈夫。何も心配はいらないんだから。

自分に言い聞かせても、涙はほろほろとこぼれた。母の心づくしの弁当や兄達からの土産が入った荷物をぎゅっと抱きこんで、茜はしばらく泣き続けた。

そうして、茜は天鵺屋敷に戻ったのだ。

十日ぶりに見る天鵺屋敷は、前と変わらずに大きく、陰鬱《いんうつ》だった。玄関では静江が立って待ってくれていた。

「お帰りなさいませ、茜様。お元気になられたようで、なによりでございます」

「ありがとうございます」

「ああ、お荷物は私どもがお運びいたしますから。茜様はどうぞ若君のお部屋へ。若君がお待ちかねでございますよ」

「はい」

荷物を静江に渡し、茜は鷹丸の部屋に向かった。

早く会いたい。

茜は小走りで廊下を抜け、飛びこむようにして若君の部屋に入った。

「若君！　ただいま戻りました！」

部屋の中に若君がいた。ぽつねんと、青白い顔をして本を読んでいたが、茜を見るなり、そのうつろだった目が丸くなった。と思うや、満面の笑みで飛びついてきたのだ。

「茜！　ああ、ほんとに茜なんだね！　よかった！　もう大丈夫なんだね？」

「はい。ご心配をおかけしました」

「うん。心配したよ！　元気の塊みたいな茜が倒れるなんて、信じられなかった。茜にとりつけるほど根性のある夏風邪があるなんて、思いもしなかったからね」

ほめ言葉として受け取っておこうと、茜は思った。なんといっても、鷹丸は純粋に喜んでくれていたからだ。

と、喜びに輝いていた鷹丸の顔が、突然おずおずとしたものに取って代わった。

「怒っていないかい、茜？」

「どうしてですか？」

「どうしてって……ぼく、一度もお見舞いに行かなかったから。でも、何度も静江に頼んだんだ。ほんとだよ」

だが、これればかりは鷹丸がいかに頼もうと、だめだったという。どんな理由があれ、若君は病人に近づいてはならないからだ。

「いざとなると、静江は岩みたいに頑固になるんだ。茜様がお元気になるまでお待ちください、の一点張りでさ。普段は、ぼくに甘いくせに。いやになってしまうよ」

こぼす若君に、茜は笑った。

「それはしかたないですよ。あたしが静江さんなら、やっぱり病人に若君を近づけたくないですもの」

「だけど、お見舞いくらいさせてくれたっていいじゃないか」

茜が実家に帰っていたことも、聞かされていないのだろう。鷹丸は相当腐っている様子だった。茜は笑いながら、話題を変えることにした。

「それはそうと、巣籠りはうまくいったそうですね。そうだ。羽そろいの儀では、どんなことをしたんですか？」

「うん、まあ、色々とね。ちょっと言いにくいんだけど……聞きたい？」

「はい。ぜひ」

「うーん。しょうがないなぁ」

顔を赤らめながら、鷹丸はもごもごと話しだした。

鳥御堂につくと、鷹丸はすぐに化粧を落とされ、かつらも取り除かれたという。それはいつものことなのだが、そのまま下に着ているものまで脱がされ、真っ裸にされてしまったのには驚いたと、鷹丸は話した。

戸惑う鷹丸に、静江が新たな着物を差し出してきた。純白の着物であった。柄も地紋もない、まるで死装束のようにそっけないものだったが、上等の絹地でできており、その光沢はまばゆいほどだ。帯も白だった。

鷹丸がそれを身につけると、静江が鷹丸の頭の上で、鈴のたくさんついた棒を小刻みに振りだした。しゃんしゃんという鈴の音に合わせながら、静江は別人のような重厚な声を放った。

「汝《なんじ》、白の羽、はえそろいぬ。身を守る白の羽、はえそろいぬ」

すると、まわりの天鵺家の人々が甲高い作り声をはりあげた。

「やれ、めでたや。やれ、めでたや。めでたき羽を見せてたもれ。見せてたもれ」

静江にうながされ、鷹丸はあまり大きくない御堂の中をぐるぐると歩き回った。三度御堂をめぐると、また着物を脱がされ、今度は灰一色の着物を着せられた。同じように鈴を振りながら、静江がろうろうと声を響かせた。

「汝、灰の羽、はえそろいぬ。凪とらえる灰の羽、はえそろいぬ」

「やれ、めでたや。やれ、めでたや。めでたき羽を見せてたもれ。見せてたもれ」

それから同じことが繰り返された。鷹丸は何度も裸になり、そのたびに色違いの着物を着せられ、祝いの言葉を言われて、御堂の中を歩かされたという。

「ほんと。あの時は茜がいなくてよかったって、つくづく思ったよ。茜がいたら、ぼく、絶対裸になんかなれなかった」

その場にいなくてよかったと、茜も心から思った。男の子の裸を見るなんて、さすがに気まずすぎる。

白から始まって、灰色、茶色、朱色、黄色、緑、青、そして最後の黒まで。じつに八回にわたって、鷹丸は着せ替えをやらされたという。

「終わった時にはくたくただったよ。それなのに、今度はまた女の子の恰好をさせられて、お化粧もさせられて、それで屋敷に戻ったんだ」

屋敷に戻った時には、鷹丸は半分眠っていた。そのまままっすぐ自室の布団に運ばれ、目覚めた時には夕方近くだった。そしてその時初めて、茜が夏風邪に倒れたと聞いたのだという。

そこまで話したところで、鷹丸はためらいがちに茜の手を取った。茜の手の温もりを愛《いと》おしむように、そっと自分のきゃしゃな手で触れる。茜は急に耳が熱くなるのを感じたが、いやではなかったので、じっとしていた。

茜の手をなでながら、鷹丸はしみじみとつぶやいた。

「元気になってくれて、ほんとによかったよ。こるりみたいに、このまま二度と会えなくなっちゃうんじゃないかって、怖かったんだ」

「こるり……」

これまでにも何度か耳にした名前だ。

「こるり様というのは、千鳥様のお嬢様、ですよね？」

「うん。ぼくの従妹、だった……」

鷹丸の目が膜がかかったように濁《にご》った。言いたくないことがある時、心を閉ざす時、鷹丸はいつもこの死んだような目になる。

聞き出すのをあきらめ、茜は明るく言った。

「何かして遊びましょう。お絵描きでもしましょうか？」

「うん！　いいね！」

たちまち目に光を取り戻し、鷹丸は大きくうなずいた。

その日、二人は存分に絵を描いて過ごした。鷹丸は、それは立派な絵具箱を持っていた。十二色もの絵具がそろっている、豪華なものだ。美しい色を紙の上に落とすのは楽しかった。静江が「そろそろお休みの時間でございます」と言いに来なければ、二人は夜が更けるのにも気づかず、描き続けていたことだろう。

名残惜しそうにしながらも、鷹丸は筆を置いた。

「明日も。明日も絵を描こうよ。ねえ、茜？」

「そうですね。明日は馬を描いてみたいです」

「それなら、ぼくは虎を描くよ。うんと大きな、目が緑色の虎を」

鷹丸は無邪気に笑った。その笑顔を、茜はかわいいと思った。

おやすみなさいと言葉を交わし、茜は自分の部屋に戻った。入ってすぐに、床の上に何かが落ちていることに気づいた。小さく折りたたまれた紙だ。茜は拾い上げ、広げてみた。

紙には美しい字で、こう書いてあった。

「今夜、湯殿にいらっしゃい。誰にも見つからないように。千」

千。きっと千鳥のことだ。これは千鳥からの手紙なのだ。

自然と胸の鼓動が速くなった。

いいや、怖がるな。どのみち、千鳥には人形のお礼を言わなければと思っていたのだ。

ちょうどいい機会ではないか。

ともかく行ってみようと、茜は決めた。


その夜、屋敷が寝静まると、茜はそろりと部屋を抜け出し、屋敷の西側にある湯殿へと向かった。

天鵺屋敷では、近くの山の温泉から直接湯を引いてきているので、どんな時でも湯浴みを楽しめる。風呂焚きの必要がないのだから、まことに贅沢《ぜいたく》な話だ。

最初の頃は珍しくて、茜も一日に何度も風呂に入った。だが、こんな真夜中に湯殿に入るのは初めてだ。

脱衣所には誰もいなかった。ただ籠の中には、薄い浴衣が丸められて入っていた。誰かが湯殿に入っている。恐らく千鳥だ。

いざという時に逃げられるよう、茜は寝巻を着たまま湯殿に入った。戸を開けたとたん、もうもうと湯煙に包まれた。一瞬、目がくらんだ。

「茜さん？」

優しい呼びかけが煙の向こうからした。千鳥の声だ。

「は、はい」

目を細めながら、茜は足を進めていった。

大きな檜《ひのき》風呂の中に、千鳥がいた。気持ちよさそうに湯につかっている。茜を見るなり、千鳥はからかうように目を丸くしてみせた。

「裸で入ってくればよかったのに。真夜中のお風呂は最高なのよ」

「い、いいえ、けっこうです」

硬い声で茜は答えた。千鳥と二人きりでいるところを、誰かに見られたくない。さっさと話をすませて、部屋に戻りたかった。

少女の心の声が手に取るようにわかったのだろう。千鳥は軽やかに笑い声をたてた。

「大丈夫よ。私が真夜中に一人でお風呂に入るのは、使用人達もよく知っていることだから。今の時刻は、誰もここには近づかないわ。秘密の話をするにはうってつけなのよ」

安心なさいなと言われても、うなずけるわけがない。相手はいつ物狂いを起こすかわからない千鳥なのだ。何かが起こっても、すぐには誰も助けにきてくれない。その状況は、むしろ恐ろしかった。

半分腰を引きながら、茜は用心深く切り出した。

「ご用はなんでしょうか？」

「ええ。茜さんに色々教えたいことがあってね。あなた、この歌を知っているかしら？」

そう言うなり、千鳥はきれいな声で歌いだした。

鵺の殿様、奥方よ。今日は何を食わっしゃる？
金の米に、銀の蜘蛛《くも》、玉虫こがねであるわいな。
鵺の殿様、奥方よ。今日は何して遊ばれる？
春なら花見、夏なら涼み、秋なら月見をするわいな。
鵺の殿様、奥方よ。巣の御子達はお元気か？
さて、あまりよいとは言えぬわいな。
五男坊は巣から落ち、四男坊は蛇の餌、
三男坊は病《やまい》に倒れ、次男坊は狂い死に。
されど、泣くまい嘆くまい。
長男坊さえ無事ならば、鵺の家は安泰よ。
黒羽の闇すらしりぞけて、我らはさらに天《あま》がけよう。

奇怪な歌であった。調べ自体は普通のわらべ歌のようでありながら、なにやらぞくりとするものがある。

「これはね、我が家に古くから伝わる呪言歌よ。我が家の教えの礎《いしずえ》ともいえるわね。呪いであり、伝説であり、希望でもある。歌の意味がわかったかしら？」

茜が考え込む前に、千鳥は答えをぺらぺらとしゃべった。

「鶫というのは、とらつぐみという鳥のこと。この歌の中では、もちろん天鶫家のことを指している。金の米粒や花見や月見。これは天鶫家の栄光を歌っているのよ。ただし、不幸もあるわ。巣の中の雛は、次男から五男まで死んでしまう。でも、鶫の親達は嘆かないの。長男が無事なら、それでいいってね」

千鳥の目が冷ややかに光った。

「昔からの言い伝えなのよ。跡継ぎの男の子さえ生きていれば、どんな災いがふりかかろうとも、天鶫家は栄える。だからこの家では、他のどの家よりも跡継ぎを大事にする。時には、他の者を犠牲にしてでも、跡継ぎを守ろうとするの」

はっきり言うわと、千鳥は茜を見据えた。

「あなたは、養女としてこの家に迎えられたのではない。あなたは魔物への贄《にえ》。天鶫一族の血に執着し、代々の跡継ぎを付け狙ってきた黒羽ノ森の主《ぬし》への供物。霊力の強い、天鶫家に縁のある子供なら、十分に森の主を惹《ひ》きつけることができる。鷹丸から主の目をそらすには、うってつけというわけよ。あなたがあの巣籠りの夜を生きのびたものだから、父様も静江もびっくりしていたわ。本当なら間違いなく死んでいたはずなのだから」

くつくつと千鳥は笑う。

だが、茜は笑うどころではなかった。全身から血の気が引いていた。

信じるな。これは千鳥の嘘に違いない。

だが、そう思うには、千鳥の声はあまりにも邪気がなかった。

心がぐらついた。足元もふらふらする。

自分は贄だった。魔物を惹きつけるための、餌にすぎなかった。そう考えれば、自分に対する天鵜家の無関心、冷淡さも納得できた。誰が生贄《いけにえ》などに注意を払うだろう。

若君の遊び相手。

実家への援助。

おいしい餌に、茜はまんまと釣りあげられてしまったのだ。

一方、千鳥はしゃべり続けていた。

「今回、静江は大がかりな罠をしかけたの。黒羽ノ森の主に対してね。仕掛けは簡単よ。まず檻《おり》を用意し、そこに餌を置いておく。獲物である主がやってきて餌を食べたら、檻の戸が閉まる」

この場合、檻とは天鵺屋敷で、餌とは茜のことであった。主が茜の命を取っていれば、術が作動して、主は屋敷内に完全に封印されるはずであったのだ。

「そのために、静江は屋敷の結界の一か所をわざとほぐして、入口を作ったの。あとは夜になり、力を増した主が屋敷に入りこみ、身代わりの茜さんを殺せば、それでよかった。だけど、主は茜さんを殺さなかった。殺せなかったのかもしれない。とにかく、主は朝には森に帰っていってしまった。ふふふ。ここに戻ってきた時の静江の顔ったらなかったわ」

小気味よさそうに千鳥は笑う。心底、静江の失敗を喜んでいる顔だ。

茜は理解に苦しんだ。いくら風変わりとはいえ、静江がそんな恐ろしいことをする女だとは、どうしても思えなかったのだ。あの人にそこまで嫌われるようなことをした覚えもない。

「し、静江さんは、ど、どうして……」

「どうして、そんな術をかけようとしたかって？　ああ、茜さん。あの女は、私なんかよりもずっと天鵺家に近いのよ。あの女ほど天鵺家らしい人間はいない。血ではなく、心がね。鷹丸のためなら、誰だって利用する。そのことをなんともないと思っているのよ」

「そんな……」

「天鵺家の一員である私の言葉は信じられない？　ふふ。では私があなたと同じだったと言えば、信じてもらえるかしら？　本当よ。だって、あなたが来るまで、鷹丸の守りのお方を務めていたのは私だもの。ぬい義姉様は、子供を産ませるのにまだ必要だから、この役目をやらせるわけにはいかないし」

　こともなげに千鳥は話す。

「鷹丸の時だけじゃないわ。椋彦兄様の時も、一度やらされた。それまで守りのお方をやらされていた他の兄弟達が、全員亡くなってしまったから」

　守りのお方とは、跡継ぎの身代わりに他ならない。森の主の注意を自分に向けさせる、危険なお役目なのだ。

　長兄のために、その兄の子供のために、身代わりをやらされてきたという千鳥。口調は軽やかでも、その目には冷たい怒りがこごっていた。

「三年前の虫食いの儀の時も、私は守りのお方をやらされた。でも、その時はお役目をまかされたことが嬉しかったわ。これで天鵺家に復讐できると思ったから」

　夜になると、千鳥は自分の手で屋敷の戸を大きく開け放ったという。

　黒羽ノ森の主よ。おまえが狙っている子供は、この屋敷にはいない。鳥御堂にいるぞ。外にいるものに、そう教えてやろうとしたのだ。

だが、できなかった。

「戸を開けたとたん、黒いものが押し寄せてきて、私は一瞬で気を失ってしまったの。胸に鋭い痛みが走ったのを覚えている。次に気づいた時は、体中小さな噛みあとだらけで、ひどいありさまだった」

それでも千鳥は助かった。これまで黒羽ノ森の主に襲われて、助かった者などいなかったのに。その理由を千鳥は探った。そして、肌身離さず持っていた人形が粉々になっていたことに、思い至ったのだ。

「人形は魔除けになる。そう思って、あなたにも渡したのよ。効き目があってよかったわ」

はっと茜は息をのんだ。

「やっぱり、あたしのために人形をくださったんですか？　あたしを守るために？」

千鳥は薄く微笑んだ。寒気がするほどきれいな笑みだった。

「少し違うわね。あなたが死ぬのが、父様達の計画だった。だから、あなたには生き延びてもらいたかったの。天鵺家のためにならないことなら、私はなんでもするのよ」

ぞくりと冷たいものを感じ、茜はふたたび身を引いていた。

この人はやはりまともなものの考え方をしていない。天鵺家への恨みと憎しみにこりかたまっているのだ。自分の家だというのに。

理由を聞いてみようとしたが、千鳥のほうが先に口を開いてきた。

「一つ教えてほしいの。儀式の日、あなたは静江から何か飲まされなかった？」

「はい。苦くて変な味のお酒を渡されました」

「……もしかして、全部飲まなかったの？」

どきりとした。なぜそのことを知っているのだろう？

少女の顔がこわばるのを見て、千鳥はうなずいた。

「やっぱりね。全部飲んでいたら、あなたは自分の部屋で倒れていたはずだもの。あれには微量の痺《しび》れ毒がまぜてあるのよ。ゆっくり効いてくるものだから、飲まされた者は自分が毒を盛られたことにほとんど気づかない。眠気と錯覚する程度よ。あと、鷹丸の血とすりつぶした爪もまぜこまれているわ。飲んだ者から、鷹丸の匂いがするようにとね。私も、巣籠りのたびに飲まされたものよ」

かたかたと、茜は震えだしていた。

あの夜、頭が鈍り、警戒心が薄れたのは、毒酒のせいだったのだ。飲んだ酒の量が少なかったからこそ、あれくらいですんだのだ。あれを全部飲んでいたら、まな板の鯉《こい》の状態で、あの魔物に襲われていたに違いない。

千鳥が言うとおり、茜が生きていることに静江はさぞ驚き、残念に思ったことだろう。

だが、そんな思いはおくびにも出さず、静江は茜の身を気遣った。魔物が入りこんだのは自分の失敗だと、悔しがってみせた。あれら全てがお芝居だったのだ。なんて恐ろしい女なのだ。

『ううん。恐ろしいのはこの天鵺家も同じだ』

なにしろ、最初から殺すつもりで、茜をこの家に迎え入れたのだから。

逃げよう。今すぐこの恐ろしい家から逃げるのだ。兄に、木の葉を入れた手紙を出すのだ。

「逃げられないわよ」

えぐるような千鳥の言葉に、茜の、走りだしそうだった足がぴたりと縫いとめられた。

「巣籠りが終わったのに、あの人達は茜さんをこの家に呼び戻した。もう用はないのだから、本当なら沖野家に返すなり片づけるなりするはずなのに。こうしてわざわざ呼び戻したということは、また何かにあなたを使うつもりだということよ」

「な、何かにって？」

「さあ？　また生贄にでもするのではないかしら？　次の守りのお方用に確保しておくとか、おおかたそんなところでしょう」

だとしたら、彼らが茜をこのまま逃がすはずがない。千鳥は断言した。

「で、でも……あたしに何かあったら、家族が黙っていませんよ」

「ああ、沖野家ね。そんなもの、どうにでもなるわ」

茜の虚勢を、千鳥は一言で吹き飛ばしてしまった。

「帰るべき家をなくしてしまう。頼れる家族を一人残らず消してしまう。それも誰にも怪しまれずに。茜さんを完全に捕えるためなら、あの人達はそういうことだって喜んでやるでしょうよ」

「そ、そ、そん……」

「そんな真似、できっこないって思う？　いいえ、天鵜家にしてみれば朝飯前のことよ。うかつな行動は、あなたの家族にとっても命取りよ。これまでどおり、何も知らないふりをして、無邪気にふるまうことね。できるだけ鷹丸にはりついていることをお勧めするわ。鷹丸の前では、さすがの静江もめったなことはできないでしょうから。今はとにかく機会を待つことね」

「き、機会って、逃げるための、ですか？」

「勝つための機会よ」

淡々と千鳥は言った。

「父様達がまた何か企んでいる。でも、それが何かまではわからない。私は信用されていないし、そもそも、この家での女の身分は石ころみたいなものなのよ。静江は呪術師だから、また別格だけどね。とにかく、何かわかったら、また教えてあげるから。今はおとなしくしていなさいな」

「ど、どうして……」

どうして助けてくれるんですか？

茜の問いに対して、千鳥の答えは残酷ともいえた。

「はっきり言って、あなたのことなどどうでもいいのよ。ただ、あなたがこのまま天鵺家に利用されて死ぬのは、私としてはおもしろくない。ただそれだけよ。鷹丸に毒を盛ろうとしたことも、あなたを巻き添えにしようとしたことも、謝るつもりはないわ」

きっぱりとした口調であった。

茜はじっと千鳥を見つめた。もう話は終わりなのか、千鳥は目を閉じ、湯の中に体をゆだねている。

千鳥は、味方ではない。だが、敵とも言いきれない気がした。天鵺家を陥れるためならば、手段を選ばない過激さは確かに恐ろしいが、少なくとも、この人は正直だ。自分の憎しみや恨みを隠そうとはしない。にこやかな仮面をかぶりながら、身の毛のよだつようなことを平気でやってのける椋彦や静江などより、よっぽどましだ。

この人は信じても大丈夫だ。少なくとも、今この時に教えてくれたこと、言った言葉に嘘はないだろう。

そう見極め、茜は千鳥に向けて深々と頭をさげた。

「人形、ありがとうございました。おかげで助かりました」

それから千鳥に背を向けて、湯殿を出ていこうとした。戸に手をかけたところで、千鳥のつぶやくような声が聞こえてきた。

「私の浴衣の下にね、父の手文庫から盗んだ古い本があるの。私にはもう必要ないものだから、よかったら持っていきなさい。読めば、この家の黒い歴史がよくわかるはずよ」

茜は振り返ったが、立ち込める湯煙のせいで、もはや千鳥の顔は見えなかった。

「ありがとうございます」

そう言って、茜は脱衣所に出た。さっそく脱衣籠のところに向かい、浴衣の下に手を差し込んだ。紙束が指先に触れた。

引き出してみると、見事にぼろぼろの、紐で綴じられた本が出てきた。厚みはそうないが、とにかく古い。下手な扱いをしたら、そのまま細かく砕けてしまいそうだ。

そうっとそれを両手で持ち、茜は自分の部屋に戻った。燭台《しょくだい》を手元に引き寄せて、茜はいったん息をついた。

この本を読んでしまったら、もう後戻りはできないような気がした。だが、読まなければ、この家のことを知ることはできない。知識がなくては戦えない。だまされ利用され、ただ殺されるのを待つのはまっぴらだ。

茜は、いざとなれば炎のような闘志を持てる娘だった。自分の中の怒りを駆り立て、少女はついに本を開いた。

「天鵺家始記」

その言葉から始まっていた。

# 11

我は、天鵺家第五代当主、天鵺雀右衛門《じゃくえもん》なり。我はこれを、子々孫々のために書き残す所存なり。これは、我が子孫への警告の書なり。家の当主となる者、必ずやこの手記を読み、ゆめゆめ油断することなかれ。

まず当主たるもの、己が一族の歴史を知るべし。我が先祖は、もともとは奥州に栄えし豪族なり。されど、戦国の世のおり、度重なる戦と敵の企みにより領地を失い、一族郎党引き連れて、落ちのびたり。

この時、一族を率いるは、天鵺源太郎《げんたろう》。齢《よわい》二十五ながら、文武両道に優れし男なり。これを初代と呼ぶ。

各地を放浪した末に、一族がたどりつきしは、黒不浄と呼ばれる魔の土地なり。北の森よりあふるる妖気が人獣を狂わす、古くから人が住めぬ地なり。なれど、一族はそれを知らず、森の近くにて野営を組むなり。

飢えたる一族に肉をもたらさんと、一人弓矢を持ちて森に踏みこんだる初代。昼なお暗き森の中、見慣れぬ虫を見つけたり。木の葉にむらがるその幼虫は、世にも美しき糸を吐く虫なり。

この虫を用いれば、一族の命運は開かれん。

初代は喜び勇んで、虫を森より連れ出さんとするなり。その行く手を、突如阻《はば》むものあり。そのもの、主《ぬし》と呼ばれる古き魔物なり。

虫を欲するかの人に、魔物は一言申すなり。

虫がほしくば、汝が妹、揚羽《あげは》姫を我に捧げよ。

まことに恐ろしき言葉なり。初代は様々に言葉を連ぬるも、魔物の心を変えることかなわず。これも一族のためならばと、初代はついに承知せり。

揚羽姫はこの時十五。咲き誇る牡丹《ぼたん》のごとく艶《あで》やかな乙女にして、気品を兼ね備えた、たぐいまれなる姫なり。その命を散らさねばならぬ兄の苦しみ。ああ、哀れなるかな。

初代は姫を森に誘い出し、隙を見て姫の首を打ち落とすなり。その首をば契約の大岩の上に据え、初代は森より逃げ去らん。

魔物は約定《やくじょう》を果たすなり。涙にくれる初代のもとに、絹吐く幼虫が届くなり。この虫をもって、一族はこの地に根付き、財を築くことになるなり。

されど、初代の心は晴れぬなり。気がかりは、贄《にえ》になりし妹姫のこと。せめて骸《むくろ》だけでも手厚く葬らんと、数日後、ふたたび一人にて森に踏み入るなり。

姫の首は、数日前と変わらずに、大岩の上にあり。そのありさまは少しも傷んではおらず、面妖なこと、かぎりなし。

初代が岩に近づくや、突如首は生気を取り戻すなり。かっと眼を見開くや、血涙をほとばしらせて、呪いを叫ぶなり。恐ろしや。明らかに、姫は怨霊《おんりょう》と化したなり。一族に害なす魔物と化したなり。

首の口より異様なる紫紺《しこん》の蝶現れ、初代に襲いかかるなり。蝶の毒粉、初代にかかり、火傷《やけど》のごとく痛む傷となりけり。苦しみつつも、初代は力を振りしぼり、姫の首より両目をえぐりぬ。今後、怨霊が一族を見つけぬようにとの、用心なり。

されど、初代の尽力は無駄に終わりぬ。その後、一族は栄えるも、生まれてくる子供らは病弱にして早世すること甚だし。初代も齢《よわい》三十五にして亡くなるなり。これ全て、揚羽姫の激しい祟《たた》りゆえ。

姫の怨霊、あまたの虫を操りて、一族の者を次々と襲いぬ。ことに狙われしは、一族を担う総領の子供なり。虫を遠ざけんと、鳥の名をつけても、気休めの魔除け、様々な祈り、供物を捧げしも、姫の怒りの前には無意味なり。

また忌まわしき地より逃れたいと望みしも、それはかなわぬことなり。なぜなら、かの絹虫は、この土地以外で生きることのかなわぬものゆえ。土地を離れたが最後、いかなる餌もとらず、糸も吐かず、しおれて死ぬばかりなり。

絹虫なくして財はなく、子なくして一族はない。まこと歯がゆきことなり。

我の代にして、一族は衰退の一途をたどるに至る。我が跡継ぎ、雉太郎《きじたろう》が奇病に倒れたと聞きし時、五代目の当主として、我は一つの秘策を編み出すなり。

怨霊の怒りを鎮めることできぬとあらば、総領の子供を守る守り神を生み出すことを試みん。それは贄を必要とする黒い呪術なり。贄として呪術師が選びしは、がんぜなき幼子なり。

呪術の末、呪術師は鳥女《とりめ》と呼ばれる式神を生み出すなり。贄となりし子供、心と命を失うかわりに、朽ちることなき体と優れた目を持ち、跡継ぎを守ることを使命とするなり。ただそれだけのものになりはてるなり。

哀れなれど、これ全て天鵺一族のため。ゆえに、我はあえてここに書き記す。鳥女を生み出した秘術のほどを。

まず虫食う鳥を二十種集めるなり。一日ごとに一羽ずつ首を切り、その肉をば……

それ以上読んでいられず、茜はばしんと本を閉じた。ぱらぱらと、紙のかけらがはがれたが、かまってなどいられなかった。

茜は時が経つのも忘れて、五代目当主が書いたというこの手記を読んだのだ。言葉は難しく、四苦八苦したものの、だいたいの内容はつかむことができた。だが、もうこれ以上は読めなかった。この手記に触れていることすら、穢《けが》れに思える。

吐き気がおさまらなかった。真っ黒い汚水を飲みこんだ気分だ。そして、この嫌悪、憎悪には覚えがあった。

森の魔物に襲われたあとに、夢で味わったものだ。いや、もう魔物などとは呼ぶまい。揚羽姫だ。兄に裏切られ、殺されたかわいそうな姫。あの夢は姫の記憶だったに違いない。呪いを受けたことによって、茜は一時《いっとき》だけ姫と同化したのだろう。姫が感じた目もくらむような真っ黒な憎しみが、まざまざとよみがえってきた。

茜はうめきながら部屋の中を見回した。

豪華な部屋。

広い屋敷。

珍味と趣向をこらした食事。

だが、天鵺家の歴史を知った今となっては、それら全てが天鵺家の犯してきた罪の産物に思えた。

絹虫のために、自分の妹を殺した初代。

鳥女を作るために、子供を生贄《いけにえ》にした五代。

彼らのどす黒さ、身勝手さがおぞましかった。彼らだけではない。呪われた富をむさぼってきた、現在もむさぼっている全ての天鵺一族が憎かった。

燕堂も椋彦も、自分達の先祖がしてきたことを知っているはずなのだ。それなのに、祟りから逃れるために、茜を犠牲にしようとした。先祖と同じくらい穢《きたな》いやつらだ。

強烈な怒りがこみあげてきた。若君さえ一瞬憎みかけた。

茜は憎々しげに手記を睨みつけた。まだ続きがあったが、とても読む気にはなれなかった。自分達のしてきたことを正しいと言い張る、身勝手な文書。焼き捨ててしまおうかとも思った。こんな呪われたもの、もう一時もそばに置いておきたくない。この世に存在させておくのもいやだ。

だが考え直し、茜は手記を箪笥《たんす》と壁の隙間に押し込んだ。薄い本は簡単に奥にすべりこみ、見えなくなった。どんなに掃除熱心な女中でも、ここに何かが隠されているとは気づかないはずだ。

本を隠したあと、茜は布団の上に座り、膝をかかえこんだ。体の奥から震えがこみあげてくる。今すぐこの家から逃げ出したい。でも、千鳥の言うとおり、ただ逃げたって、捕まって連れ戻されるだけだ。

では、助けを呼ぶか？　兄達に迎えに来てもらうか？

『無理、だよね』

きっと家族は信じてくれるだろう。茜が危険だということを信じて、助けに来てくれるだろう。だが、天鶴家が一度手に入れた小鳥を逃がすはずがない。手記を読んだ今では、それがよくわかった。彼らはどこまでも茜を追ってくるだろう。下手をすれば、家族が危ない。

ぞくりとした。

そう。千鳥が言ったとおり、天鶴家はたやすく茜の家族に手を出すだろう。両親と兄達を殺し、その死を誰にも変だと思われないように、巧妙に細工する。真実をもみけし、偽りの出来事をでっちあげ、世間に信じこませる。天鶴家はそれだけの力を持っているのだ。

自分が敵にしたものの恐ろしさに、寒気がしてきた。一番まずいのは、自分がその敵の手中にあるということなのだ。

逃げられない。まるで籠の中の小鳥のように。ばたばた騒いでいるうちに、毒餌を与えられ、死んでしまう。

ぱったりと籠の底に落ちていく小鳥の姿が、目の裏に浮かんできた。

ああ、考えるな。考えるな。悪いことばかり考えると、悪いことが本当に起きてしまう。

いいことを考えよう。

だが、必死にいいことを思い浮かべようとしたが、何も出てこなかった。

自分がただの十三歳の少女にすぎないことを、これほど痛烈に感じたことはなかった。

熱い涙があふれだし、ゆるゆると頬を伝わっていった。

# 12

「ど、どうしたの、茜？」

翌朝、部屋にやってきた茜を見るなり、鷹丸は目を丸くした。茜の目が真っ赤にはれあがっていたからだ。

茜はうつむいて、もごもごと答えた。

「なんでもありません。昨日怖い夢を見て……なかなか眠れなかったんです」

「大丈夫？　あれだったら、今日はゆっくり休んだら？」

鷹丸は心配そうに言ってきた。その優しさに、茜は体のこわばりが溶けていくのを感じた。

若君のことはやっぱり好きだ。親達のことは許せないけど、この少年は悪くない。なにより、茜がおとりの生贄《いけにえ》にされるはずだったことを、若君は知らないのだ。知っていたら、きっと茜を守ってくれようとしただろう。それくらいは鷹丸を見ていればわかった。

茜は微笑んで言った。

「いえ、大丈夫です。朝ごはんを食べたら、お絵描きの続きをしましょう」

若君のそばが一番安全な場所。千鳥の助言は確かなはずだ。

これからは少しだって鷹丸のそばを離れまいと、茜は心に決めた。その一方で、鷹丸の無邪気な笑顔を見ると、複雑な気持ちになった。

そもそも若君は、自分の先祖がしたことを知っているのだろうか？　知っているとしたら、そのことをどう感じているのだろう？

まずはそれを知らなくてはならないと、茜は気づいた。

二人きりになると、描きかけの絵に筆を走らせながら、茜はさりげなく切り出した。

「若君、黒羽ノ森に魔物がいること、知っていますか？」

鷹丸の手から筆が落ちた。びちゃりと、緑の染みが敷物についたが、鷹丸は目もくれなかった。

蒼白となりながら、鷹丸は茜を見つめてきた。あうあうと、口が動く。ようやく弱々しく聞き返してきた。

「どうして黒羽ノ森の主《ぬし》のことを……茜が知っているんだい？」

「……こういうことって、自然と耳に入ってくるんです」

茜はさらりとごまかした。

若君は観念したように目を閉じた。

「うん。もちろん知ってるよ。天鵺家をずっと狙い続けている魔物だもの」

「どんな魔物なんですか？　どうして天鵺家を狙うんです？」

「教えたくない」

「若君！」

茜は食い下がった。

「ちゃんと知っておかないと困るんです。だ、だって、そうでしょう？　森に魔物がいるなら、そいつの弱点とか知っておきたいし。正体がわかっていれば、戦う方法もわかりますもの」

「戦う？」

若君は哀れむように茜を見た。

「戦うなんて無理だよ。あれは……絶対倒せないんだから」

「そんなこと、やってみなくちゃわからないでしょう？」

「茜は知らないから、そう言えるんだ。でも……そうだね。茜も魔物のことを知っておいたほうがいい。こるりみたいに森に入り込んだりしたら……大変だ」

声をぐっとひそめ、鷹丸は話し始めた。

「黒羽ノ森の主は、もともとは人間だったんだ。三百年くらい前の話だよ。この天鵺家の女で、揚羽《あげは》って呼ばれていた。揚羽はとても恐ろしい女だった。初代当主の妹だったんだけど、天鵺家の全ての財産を手に入れたくて、黒羽ノ森に毎晩願掛けに行っていたんだ」

森には当時から不思議な力があり、そこに通うと、たとえ人間であっても妖力を授かると言われていた。揚羽も、少しずつ変わっていった。見た目は変わりなかったが、その心は妖魔のごとく冷酷になっていった。

自分には森の加護がある。今に必要な力を全て授かり、天鵺家の当主の座を奪ってやる。

邪悪な念が日々、揚羽の中で強まっていった。

「でも、揚羽の企みに、当主が気づいたんだ。妹が自分の命を奪うため、夜な夜な魔の森に通っているなんて、信じたくなかったと思う。でも気づいた以上、放ってはおけないから、当主は揚羽の首を切ったんだ」

だが、半分妖魔と化していた揚羽は死ななかった。切られた首は宙に浮かびあがり、森に逃げこもうとした。当主はとっさに手をのばし、首から目玉をもぎとった。

「とたん、ものすごい悲鳴をあげて、揚羽の首は無数の紫紺の蝶に変わった。蝶達は吸いこまれるように森に消えていったというよ。どれほど時がかかろうとも、天鵺家を滅ぼしてやるという呪いの言葉を残して。以来、揚羽は森の主となって、天鵺家をずっと狙い続けているんだ」

茜には知られたくなかったんだと、鷹丸は肩を落としながらつぶやいた。

「一族から化け物が生まれたなんて。おまけに、ずっとその呪いにさらされているなんて知られたら……茜はぼく達を忌まわしいと思うだろうから」

茜はまじまじと鷹丸を見つめていた。なんとまあ、天鵺家にとって都合のいい作り話だろう。でたらめもいいところだ。真実を知ったら、若君はいったいどんな顔をするだろうか。

とにかく、これでだいたいのことはわかった。揚羽姫が受けたむごい仕打ちと、そこから生まれてきた憎しみと恨み。この深く根を張った怨念《おんねん》の渦から抜け出さないかぎり、呪われた天鵺家の歴史は続いていく。茜も、いずれは贄《にえ》として殺されるだろう。

何か方法はないものかと、茜はめまぐるしく考えた。

「茜、どうしたの？」

考えこんでいる茜に、鷹丸がおずおずと声をかけてきた。目には不安がいっぱいに満ちている。

「……ぼ、ぼくらのこと、おぞましいって思ってるの？　ここを出ていきたい？」

反射的にうなずきそうになるのをこらえ、茜は首を振った。

「いえ、違います。なんとかできないかなって思って……若君は、このままでいいと思っていますか？」

「思うわけがないよ！」

強い口調で鷹丸は言った。

「主の呪いのせいで、ぼくの家ではみんなが不幸になっている。し、死んでしまった人だって、たくさんいるんだ！　こんなの、もうほんとにいやだよ！」

「それなら、呪いを解こうとは思わないんですか？」

「試さなかったと思うのかい？　とんでもない。何代にもわたって、一族は主を退治しようとしたよ。腕利きの呪術師や祈禱師、巫女《みこ》を何人も頼んで……」

「それでもだめだったんですか？」

「……全員両目をくりぬかれて、体中ただれて死んだって聞いているよ」

ぞわっと、茜は全身の肌が粟立った。揚羽姫を倒すのは無理のようだ。では、残る手立ては、鎮めだ。

どうやったら揚羽姫の怒りを鎮められるだろう。いったい何をしたら、姫は納得してくれるのだろう？　若君の命は差し出せないけれど、それに代わるもの、姫がほしがるものがきっとあるはずだ。考えろ！　考えれば何か見つかるはずだ！

ふと、亡くなった祖母が話してくれたことを思い出した。

『祟《たた》りは恐ろしいことだけど、祟られるからには、何かそれなりの理由があるものなのだよ。あるところにね、代々足が弱い一家がいたんだよ。ある日、家を建て替えようと床板をはがしたら、そこに人の骨があって、その足は家の土台に押しつぶされていた。一家がその骨を丁重に供養すると、不思議や不思議、一家の足はみんないっせいによくなったんだよ』

『じゃあ、その家の人達の足を悪くしてたのは、幽霊の仕業だったの？』

『きっとね。自分の足がつぶされているって、気づいてほしかったんだろうさ。怨霊《おんりよう》が自分の血族に祟ることが多いのも、家族に気づいてほしいという甘えなのかもしれない。いや、ほんとだよ。いいかい、茜。物事には必ずつながりがある。よく目をこらせば、つながりが見えてくるはずだ』

祖母との会話が鮮やかによみがえってきた。

つながり。揚羽姫の祟り。姫の望み。

茜は、自分が見た女の首を思い出した。あれは間違いなく揚羽姫だ。恐ろしいありさまだった。ことに、ぽっかりと空いた目の空洞が恐ろしかった。今思い出しても、冷や汗がにじみでてくる。

『目!』

はたと思い当たった。

初代当主は、揚羽姫から目玉を奪った。首を切り落としたあげく、一族を追いかけることができないよう、目玉を奪ったのだ。こんなひどいことはない。

茜がもし揚羽姫だったら、意地でも一族にあだをなしたくなるだろう。事実、姫はいまだに天鵺家の跡継ぎを追い回している。

『目がないままで……』

ぞっとした。

目を奪われた姫は、ずっと暗闇の中にいる。美しいものを見ることもできず、ただただ自分の中からわきあがる憎しみと恨みを感じるしかない。これでは怒りが鎮まるわけがない。天鵺家をこうまで執拗《しつよう》に追い続けるのも、恨みだけでなく、それが唯一の生きがい、よりどころになっているからだとしたら?

この時、茜の頭の中に閃くものがあった。

もし目を返してやれば、姫に光が戻ることになる。そうすれば、姫も少しは落ち着いて、こちらの願いや祈りを聞いてくれるようになるかもしれない。なんといっても、姫が殺されてから何百年も経っているのだ。姫が憎んでいた人、姫が見知っていた人は、もうみんな死んでしまっている。そのことを姫に言い聞かせれば、姫も満足してくれるかもしれない。

徐々に考えがまとまってきた。

茜はそっと鷹丸を見た。鷹丸は不思議そうに見返してきた。

「何？」

「……ご初代は揚羽姫から目を奪い取ったんですよね？　その目をどうしたか、若君は知っていますか？」

「ああ、うん。初代は揚羽の目玉をきちんと供養しようとしたんだ。でも、できなかった。どんなに深く土の下に埋めても、目玉はそのたびに出てきて、森に飛んでいこうとしたから。それに時間が経っても、腐らなかったっていうよ。揚羽の憎しみがそうさせたんだろうね」

腐ることもなく動き回る赤い目。ほとほと困り果てた初代は、目玉を呪術で封じ、さらに見張りをつけることにした。大鳥様と呼ばれる神を祀り、その神に目玉を見張ってもらうことにしたのだ。それでようやく目玉は動かなくなり、一族は胸をなでおろしたという。

茜の鼓動が早鐘のごとく打ちだした。

「じゃ、まだ目玉はあるんですか？」

「あるよ。大鳥の間にある。一度見たことがあるんだ」

大鳥の間というのは、この屋敷の最奥にある小さな座敷なのだと、鷹丸は話した。

「一族でも当主しか入っちゃいけないって言われている。だから、何があるのか気になって……こっそりのぞいてみたんだ」

のぞいてみた大鳥の間はとても狭く、薄暗かった。一見何もないように見えたが、奥の壁に奇怪なものがぶらさがっていることに、鷹丸は気づいたという。

「かかしかなって、最初思ったんだ。蓑笠《みのかさ》をまとっていたから。でも、それには大きな翼があって、笠の縁から長いくちばしがのぞいていた」

それが大鳥様だった。蓑笠をまとった巨大な鳥の人形。体自体は藁《わら》を編んだものでできていたが、くちばしは本物の鶴のもの、翼は大鷲のものがとりつけられていて、ひどく生生しく見えたという。

大鳥様は両の翼を広げた状態でつりさげられていた。その様子は今にもこちらに襲いかからんばかりだ。異形《いぎょう》の姿に、鷹丸は部屋をのぞいたことを後悔した。

「すぐに逃げようと思ったんだ。でも、大鳥様に見られているみたいで、なかなか体が動かなかった。……そして、大鳥様が何か赤いものをくわえているのに気づいたんだ」

赤く丸く、それほど大きくないものが二つ、大鳥様のくちばしの間にはさまっていた。天鵺家の伝説、揚羽とその呪いのことはすでに知っていたので、すぐに大鳥様がくわえているのが、かの目玉だということに鷹丸は気づいた。

「暗い中で、それだけがぼんやりと赤く光っていた。まるで火が燃えているみたいだった。揚羽の目玉はまだ生きていたんだ。もうぼくは怖くて怖くて。ようやくそこから逃げ出したんだよ」

震えている鷹丸の背をなでてやりながら、茜は大きく息をついていた。これで目玉のありかはわかった。あとは隙を見て盗み出し、森の主に返しに行けばいい。

目玉を盗むのは簡単なような気がした。大鳥の間は、若君でさえ出入りが禁じられているという。それならきっと使用人達も近づかないよう、きつく言われているに違いない。人目がなければ、いくらでも機会はあるはずだ。

慌てずに、でも急いでやろう。なにしろ、天鵺一族がいつ何をしかけてくるか、まったくわからないのだから。できることなら、今夜にでもやってみよう。

心を決めた時、ふと鷹丸が茜を見つめてきた。

「どうして目のことなんか知りたがるんだい？」

茜は少し迷った。鷹丸は決して馬鹿ではない。何度もごまかすのは無理がある。では、鷹丸を信じて、自分の計画を打ち明けるか？

信じる。

それがとても難しかった。鷹丸のことは好きだし、信じられると思う。だが、全幅の信頼をおけるかというと、ためらいが生じてしまう。なんといっても、鷹丸は天鵜家の人間なのだから。

真実を話せば、きっと若君は信じてくれるだろう。問題は、その時に若君がどうするかだ。呪われた財を失うのを恐れて、自分の父親や祖父のように、先祖がしてきたことを正当化する可能性だってある。

迷う茜の脳裏に、沖野の両親の顔が浮かんできた。

「いいかい、茜。うちは商人だ。商人にとって、取引する相手を見極めることが一番大事なんだよ。なにしろ、悪い相手を選べば、裏切られて、全てを失うことになる。だがね、信じると決めた相手には全てをゆだねる。思いきりと度胸を持ちなさい。そして自分の勘を信じるんだ。いいね？」

茜はもう一度若君を見た。不安そうな、でもきれいな目がこちらを見つめている。ただれの中に埋もれた右目も、清らかな魂を映し出している。

『信じよう』

心が決まった。

茜は鷹丸に身をよせ、ささやいた。

「森の主に、目玉を返してやろうと思うんです」

鷹丸はのけぞらんばかりに驚いた。仰天したあまり、床の上に足を投げ出してしまったほどだ。我に返るなり、鷹丸は今までにない剣幕でまくしたてた。

「だ、だめだよ！　そんな、そ、そんなことしたら、主は完全体になって、それこそぼくらを食い殺しにくる！」

「そんなことないと思います」

茜は言い返した。

「目玉を返してやれば、怒りが少しでもおさまるかも。そうすれば、こっちの話も聞いてくれるかもしれない」

「相手は怨霊だよ？　そんな人らしさなんて、あるわけないじゃないか！」

「でも、もとは人でした。それも天鵺家の人です。人だった頃の気持ちが、まだ少し残っているかも」

「甘いよ、茜。茜は主を見たことがないから、そういうことが言えるんだ」

見たことならありますと、言い返しそうになった。それどころか殺されかけたのだと。

茜は歯を食いしばって、それをこらえた。

「と、とにかく。あたしやってみます」

「だめだ！」

「だめでもやります！」

二人は睨みあった。青白い顔をしながら、鷹丸が声をしぼりだした。

「茜がどうしても目玉を返すって言うんなら、ぼく、ぼ、ぼく、静江に言うよ」

「どうしてですか！」

ついに癇癪《かんしゃく》を起こして、茜は足を踏み鳴らした。

「あたしは若君のために……」

「そんなの、ちっともぼくのためになんかならない！　とにかく、絶対許さないからね！」

「馬鹿！」

怒りに目がくらみ、茜は鷹丸をひっぱたこうとした。だが、思いきり振り下ろした手は、鷹丸に届かなかった。突如現れた雛里が、茜の手首をがっちりとつかんだのだ。

「ひ、雛里様……」

雛里は茜の手を放さなかった。ぎしぎしと、つかまれた手首がきしんだ。小さな子供のものとは到底思えない、容赦のない恐ろしい力だ。

なんであれ、誰であれ、若君を傷つけようとする者を、雛里は許さない。雛里はそういうものなのだ。そういうふうに作り変えられてしまったものなのだ。

雛里がこれから何をするつもりか気づいた茜は、すばやくささやいた。どうしても言っておきたい言葉があったからだ。

「あの時、危ないって教えてくれて、ありがとうございました」

雛里は一瞬目を見開いたあと、茜をねじふせ、その首に手刀を打ちこんだ。

茜は一瞬で意識を失った。若君が雛里に何か叫ぶのが聞こえたが、それらもすぐに遠ざかった。

# 13

目を覚ました時、茜は薄暗く狭い場所に放り出されていた。

畳六畳ほどの、がらんとした空間だった。家具はなく、畳もない。隅のほうに汚らしい藁《わら》が小山になっており、もう一方の隅には穴が一つ空いている。たぶん用足し用だ。そして四方はがっちりとした格子で囲まれていた。

茜は目を見張った。檻《おり》だ。ここは檻の中なのだ。

閉じこめられた。

半狂乱になって格子に飛びついた。全身の力をこめてゆさぶっても、太い材木でできた格子はびくともしなかった。

「あ、う、ああ……」

嗚咽《おえつ》がこぼれた。涙がしたたっていく。

落ち着け。きっと大丈夫だ。きっとなんとかなる。落ち着け。まずは落ち着け。

震えを止めようと、袖を嚙んだ。いつのまにか、茜は丈の短い白い着物に着替えさせられていた。でも、そのことはほとんど気にならなかった。着ているものなど、今はどうでもいい。

茜は周囲に目を走らせた。檻は、大きめの部屋の中に作られていた。格子で仕切られた向こう側も、何もない殺風景なものだった。四方の壁はしっくいで、小さな扉が一つあるだけで窓はない。蔵の中のようだ。

そこまで見てとった時、壁の扉がぎぎっと重たい音を立てて、開いてきた。扉の厚さに、茜はぎょっとなった。まるで金庫並みに厚い。おまけに金属でできている。あれを力で破るのはまず不可能だ。

開いた扉の向こうから、静江が身をかがめて入ってきた。茜を見るなり、静江は冷ややかに言った。

「おや、目が覚めましたか」

「出して！　ここから出してください！」

「それはできない相談です」

静江の目がいっそう冷ややかに光った。

「若君から聞きましたよ。あなた、若君を叩こうとしたんですってね。身のほど知らずな。

鳥女《とりめ》様に殺されなかったのを幸せに思いなさい」

茜に対する言葉遣いが微妙に変わっていた。そのことに、茜は戦慄を覚えた。静江はもう、茜を天鵺家の養女として扱うつもりはないのだ。いよいよ生贄《いけにえ》として切り捨てるつもりかと、茜はおののいた。

静江はこれ見よがしに暗い部屋内を見回してみせた。

「ここは籠部屋。見てのとおりの座敷牢です。天鵺家には、病弱、早死のほかにもう一つ、狂気の特徴がある。症状が重い方々はここに閉じこめられてきました。時には、罪人や儀式用の獣などもね」

狂人。罪人。儀式用の獣。そして茜。

茜は声も出ないほどすくみあがった。そんな少女を、静江は静かにねめつけていた。家畜を見るような目つきだった。

「若君はあなたを気に入っていた。できれば、もっと穏便な手を使いたかったけれど、こうなってはもうしかたない。いえ、いっそ都合良いとも言えますね。あなたを閉じ込める口実ができたのだから」

「あ、あ、たし、ど、どど、する気？」

「新たな鳥女になってもらいます」

今度こそ、息が止まるかと思った。

烏女に、自分がなる？　あの雛里のようになるというのか？

混乱のあまり、頭の奥がずきずきとうずき、茜はへたりこんだ。

「雛里様はおよそ二百五十歳になります。力がだいぶ弱まってきている。私達はもっと早くに新たな烏女を作るべきだったのです。そうすれば、若君があのような傷を負うこともなかったでしょうに」

静江は自分自身を責めるかのようにつぶやいていた。そこには取り返しのつかないことへの忌々《いまいま》しさがこもっていた。

茜の視線に気づき、自嘲するように静江は唇の端を吊り上げた。

「四年前のことですよ。他家に嫁いでおいでだった千鳥様が、ひさしぶりに里帰りをなさったんです。娘のこるり様をつれてね。こるり様は四歳。警戒心のかけらも持ち合わせぬ幼い子供でした」

一人っ子だった若君は、年下の従妹の訪問を心から喜んだという。こるりも若君になついた。

だが、他の家で育ったこるりは、天鵺家のことや呪いのことをあまりにも知らなすぎた。天真爛漫《てんしんらんまん》な幼女は、大人や若君がちょっと目を離した隙に、黒羽ノ森に入りこんでしまったのだ。もしかしたら、森の何かに誘いこまれたのかもしれない。

とにかく、こるりは森に入り、そして戻ってきた。体に魔を宿して。

「私が駆けつけた時には、雛里様がこるり様と戦っていました。雛里様の背後では、若君が半死半生で倒れていた。顔の右半分にひどい傷を負って……あの時のことは、どんなに後悔してもしきれない。私の一生の不覚です」

苦々しげに静江は吐き捨てる。

あの時、自分が若君のそばにいれば。いや、そもそも鳥女の雛里にもっと力があれば、若君が傷つくことはなかったはず。天鵺家の長い歴史の中で、雛里が守護しきれなかった跡継ぎは、鷹丸ただ一人だ。それだけに静江が受けた衝撃は大きかった。

雛里の力が弱まってきている。

その時から新たな鳥女を作らねばという決意が、静江の心を占めるようになった。だが、鳥女の素となる少女の確保がなかなかできなかった。天鵺家の血を引く者は少なくなっていたし、襲撃以降、若君はそれまでにも増して病弱となり、何度となく命を落としかけた。静江は守りをかためるのに必死で、とても鳥女のことまで手がまわらなかったのだ。

だが、やっと適材を見つけた。羽そろいの儀の時、この少女が死ななかったのは、本当によかった。今檻の中にいる材料を見ると、自然と笑みがこぼれてくる。

一方、静江のなんとも言えない笑みを受けて、茜はますます怖くなった。

「こ、こる、り様は？」

「こるり様？　ああ、そのままにはしておけないので、捕えて、憑《つ》き物落としを行ないました。憑いていた魔は落ちましたが、こるり様の幼い体は儀式に耐えられなかった。亡くなりましたよ。私としても、とても残念でした。こるり様を新たな鳥女にと思っていたので」

少女の目が見開かれた。

「ば、化け物！」

押し殺したののしりを、静江は涼しい顔でやりすごした。持っていた大きな椀を、格子の間から茜のほうにすべらせた。

「食事です。食べなさい」

椀には、薄い桃色のものが山盛りになっていた。肉だった。それも生肉だ。こんなもの、誰が食べるものか。茜は固く歯を食いしばった。

少女の意思を読み取り、静江が薄く笑った。

「強情をはっても無駄ですよ。あなたはじきに鳥女になるのですから」

「鳥女になんか、だ、誰がなるもん、ですか！」

「あなたの意思など、どうでもいいのです」

冷たく言うと、静江は懐《ふところ》から丸みをおびた小さな笛を取り出し、おもむろに吹き始めた。初めはほんの小さな音から始まった。雀《すずめ》の鳴き声を思わせる音が、ちゅぴちゅぴと丸い空気穴からこぼれる。

鳥笛だと、茜は気づいた。こんなものでどうするつもりだろう?

茜が拍子抜けしている間に、笛の音色はせきれいの鳴き声へと変わった。次には尾長《おなが》、続いてかっこう、さらにひよどりと、次々と鳴き声を変えていく。

やがて笛の音色は、ぎゃあぎゃあという、何十種類もの鳥の鳴き声が入り混じったようなものとなった。その異様な音色は、奇怪な調べを奏でていた。独特の節回しはまるでたらめで、それでいて少しも乱れがない。

無数の鳥に囲まれ、その渦の中に突き落とされるような感覚に茜は襲われた。笛が生み出す鳥達の声が、体にしみ込んでくる。耳を押さえてもだめだった。全身が耳と化してしまったかのように、どの音も敏感に拾い上げてしまう。

いつのまにか茜は鳥に囲まれていた。数えきれないほどの大群だ。鳥達は、いっせいに襲いかかってきた。尾長や雀、もずや燕《つばめ》がこちらに急降下してくる。ひよどりが、鴉《からす》が、目白《めじろ》が、茜の体をついばみ、肉をむしりとっていく。

鳥達は茜を貪欲に食らい、骨まで残さず食べつくした。そうして翼を広げて飛び立つや、今度は互いにぶつかりあい始めた。翼と翼が重なり、くちばしや体が溶けあい、どんどん一つになっていく。

最後の鳥が消えた時、そこには鳥のような人のような不思議な生き物がうずくまっていた。様々な鳥の羽根を持つ、鳥女という生き物が。

鳥女はひどく飢えていた。作られたばかりの体は、食べ物を求めて唸《うな》っている。鳥女は肉の椀を見つけた。ためらいなくそれに口をつけた。両手でつかみとり、口の中に押しこみ、丸呑みにする。

肉はたまらなくうまかった。新鮮で柔らかい、鳥の肉だ。色々な鳥の肉だ。呑みこむたびに、それらが自分の血肉となっていくのを感じ、鳥女は満足の叫び声をあげた。

「ぐぎぇええええっ！」

自分があげた大声に、茜ははっと我に返った。前を見れば、静江はすでに笛を吹くのをやめていた。そして足元にある椀は空になっていた。

「あっ……」

茜はよろめき、しりもちをついた。

自分は今何をした？　何を味わっていた？

がたがたと、茜は震えだした。

鳥女だ。わずかな間とはいえ、茜は鳥女になっていた。笛の音に操られ、生肉を嬉々としてむさぼったのだ。こんなに簡単に負けてしまうなんて。

衝撃と敗北感に、茜は頭が真っ白となった。

と、格子戸を開けて、静江が檻の中に入ってきた。

逃げろ！　今すぐ静江を突き飛ばして、開いている格子戸から外に出るんだ！

茜は必死で動こうとした。だが、体は痺《しび》れたように動かなかった。

かたまっている茜に、静江が命じた。

「右袖を出しなさい」

ほとんど無意識のまま、茜は言われたとおりにしていた。

静江は懐からひとつかみ、鳥の羽根を取り出した。黒や茶や薄緑色の、様々な鳥の羽根だった。続いて赤い糸と針を取り出し、静江は手早く縫い物を始めた。取り出した羽根を一枚一枚、茜が着ている着物の袖にしっかりと縫いつけていく。そうしながら、ずっとつぶやくように歌っていた。


虫見出す日、持て。

虫食《は》むくちばし、持て。

闇に負けぬ翼、持て。

汝は鳥女。人にして鳥。鳥にして鬼なるもの。

鳴けよ。ついばめよ。羽ばたけよ。

汝は鳥女。卑しき式神。

天鵺に仕えるしもべなり。


何度も同じ歌を繰り返しながら、静江は針を動かし続ける。

袖の四分の一ほどのところまで羽根を縫いつけると、静江は針と糸をしまい、檻の外に出た。そのまままっすぐ出口へと向かいかけたが、一度だけ茜のほうを振り返った。

「幸せに思いなさい。あなたは新たな鳥女となるのよ。守り神として敬《うやま》われ、ずっと若君のおそばにいられるの。これ以上の名誉はないでしょう?」

なぶるように言うと、静江は籠部屋から出ていった。

それから長い長い時間が過ぎた。恐らくは数日以上。正確なことはわからなかった。籠部屋には時を計るものは何一つなかったからだ。

ただ、茜が空腹を覚える頃になると、必ず静江がやってきた。まじないの鳥笛を吹き鳴らし、茜に鳥肉を食べさせ、不気味な歌を歌いながら着物に羽根を縫いつけていく。静江はいっさい無駄口をたたかなかった。着々と作業をこなし、茜の着物はすでに半分以上が羽根でおおわれている。

羽衣が完成したら、その時こそ茜は完全な鳥女となるのだろう。だが、その恐怖感すら、今の茜にはぼんやりとした刺激にしかならなかった。

最初の頃は死に物狂いで抵抗し、なんとか呪術に呑みこまれないよう踏ん張った。だが、その抵抗ははかないものだった。どんなに逆らおうとしても、結局はねじふせられてしまったからだ。

最近では生肉を食べることにも、寝藁の中で眠ることにも慣れた。何日も着たきりだからだろうか。汚れた着物も、すでに自分の皮膚《ひふ》のようになじんでいる。縫いつけられた羽根が自分自身のものに思え、自分が人間なのか鳥なのかわからなくなっていく。

なにより、少女からは人間らしさというものが消えつつあった。無気力が茜を満たしていた。心が内側からしぼんでいくようで、色々なことを考えるのも面倒になってきている。

それでも目覚めている時は、必死に何かを考えるように努めた。

「茜。あたしは、沖野茜。ううん。鳥女。鳥。飛ばないと。違う。虫を食う。茜。あ、あか、ね。茜だってば。鳥。鳥。翼。飛ぶ。守る。天鵺の子を」

頭の中がごっちゃになっており、何一つまとまらなかった。このままでは本当に正気を失ってしまう。全てを失って、天鵺家に利用されるだけの生き物になりはててしまう。あの雛里のように。

「雛里、様？」

どんな人だったっけと、茜は急いで思い出そうとした。

「雛里様。小さかった。傷だらけ。ひ、なり、様。かわいそう。雛里。守りの……しゃべらない、雛里、様」

薄れゆく記憶の中から、雛里の姿や思い出をすくいあげようとするのは、苦痛以外のなにものでもなかった。いっそ考えるのをやめてしまいたい。そうすれば、ずっとずっと楽になることだろう。

だが、その投げ出すということができなかった。だから考え続けた。茜はしぶとい少女だった。

「雛里様。雛里様」

声に出して、茜は雛里の名を呼んだ。繰り返し呼んだ。呼んでいると、大事なことを思い出せるような気がした。大事な大事なことを。

ふと気づいた時、格子の向こうに一人の女の子が立っていた。

「ひ、なり、様……？」

そうだ。こういう子供だった。見た目は小さな女の子で、傷だらけで、鳥の羽根のついたぼろぼろの着物を着ていた。でも、こんな悲しそうな顔をしていただろうか？　前はもっと違った顔をしていたと思うのだが。

頭に浮かんできたことを、茜は矢継ぎ早に口にのぼらせた。

「雛里様は、と、鳥女。あたしも、そ、そうなる、みたい。毎日、肉食べて。生の。鳥の声の笛、聞きます。肉食べて。雛里様、の時も、こうだったんですか？」

雛里はかぶりを振った。違うというよりも、覚えていないと言いたげであった。反応が返ってきたことが、茜には不思議と嬉しかった。

茜はおずおずと手をのばし、格子越しに、雛里の手首をそっとつかんだ。雛里は逆らわず、じっとしていた。

雛里の腕は見事に傷だらけだった。かさぶたや白い傷痕が、まんべんなく肌をおおっている。その一つ一つに触れながら、茜は悲しい思いでいっぱいになった。

「いた、かったですか？」

「……」

「かわいそうに。かわいそ、う。よしよし。痛いの痛いの飛んでいけ。痛いの痛いの、と、飛んでいけ」

唱えながら、茜は何度も傷をなでた。雛里は泣きそうな顔をした。まるで、その言葉こそが痛いとでも言わんばかりに。

雛里はふいに茜のあごに手をそえ、自分のほうに顔をあげさせた。深い闇色の瞳が、散らばりかけていた茜の魂をとらえた。

茜の目から涙があふれだした。しゃくり声をあげながら、茜はうめいた。

「鳥女に、なったら、あた、しも傷だらけになる、んですよね？　あたし、嫌だなあ。痛いのは、い、嫌だなあ」

雛里がこわごわと手をのばしてきた。そうして格子越しに茜を抱きしめようとした時だ。はっと後ろを振り返った。何かの気配を、恐らくは静江の気配を感じ取ったのだ。

雛里が訴えかけるように茜を見た。茜は気づいた。静江に見られないよう、雛里は今すぐ消えるつもりなのだ。だが、そうする前に茜に問いかけてきている。何かしてほしいことはないかと。

雛里の訪れのおかげで、ひさしぶりに少し頭が冴えてきていた。この機会を逃せない。思い出した！　一番大事なこと！

茜は夢中で言った。

「わ、若君に！　つ、伝えて、く、ださい。あたしの部屋、箪笥《たんす》の裏側に、ほ、本があるって。それを、よ、読んでほしいって！」

雛里はかすかにうなずき、姿を消した。それと入れ違いに、籠部屋の扉が開き、静江が入ってきた。

茜はぎゅっと目をつぶった。またいつもの儀式が始まるのだ。

ああ、どうか雛里様が、あたしの言付けを若君に伝えてくれますように。

今となっては、それだけが希望だった。

闇の中を飛ぶように走りながら、雛里は言うに言われぬ激情にとらわれていた。封じられた口を大きく開き、乱れた心のままに泣きわめきたかった。だが、何も吐き出せない。そういう力すらも、雛里にはないのだ。

雛里は道具。守りの盾にして見張りの目。常に周囲に目をこらし、天鵜家の跡継ぎを守るために戦う。それがお役目だ。そのことだけが、雛里をこの世につなぎとめているのだ。

だから、若君を守ること以外のことをしようとすると、指を一本動かすだけでも激しい痛みが走る。こうして走っている今も、激痛に見舞われていた。だが、それ以上に胸が痛かった。

もう十日以上も前に、茜は若君に危害を加えようとした。鳥女として、雛里はそれを見過ごすわけにはいかなかった。少女を気絶させ、女呪術師に引き渡した。

その時、何も感じないはずの心が不思議に咎《とが》めた。が、気のせいだと思うことにした。

全て茜が悪いのだ。若君を叩こうとするなど、とんでもない。きちんとお灸《きゅう》をすえられて、戻ってくればいい。

そう。雛里は、茜はすぐに戻ってくると思っていたのだ。なんといっても、茜は若君のお気に入りなのだから。

だが、茜はいっこうに戻ってこなかった。若君は泣きわめいて、何度も女呪術師に食ってかかったが、それでも女呪術師は少女を返そうとはしなかった。

雛里の中で、不安がぐんぐん大きくなっていった。とても放っておくことはできない。いてもたってもいられず、本来なら離れるべきでない若君のそばを離れ、苦痛をこらえながら少女を探しにいったのだ。鳥女となってもう二百年以上が経つが、役目を離れて自分の意志で行動したのはこれが初めてだった。

その気になれば、雛里はどのような場所にも出入りできる。だから、かたく閉ざされた扉の向こうから茜の匂いがかすかに流れてきた時、迷わず小さな隙間から内部へとすべりこんだ。

そうして見つけた少女はひどいありさまで、ほとんど魂を失いかけていた。それでも雛里の名前は覚えていたし、優しい心を失ってはいなかった。

少女が「痛いのは嫌だ」と泣くのを見た時、雛里は強烈な思いに貫かれた。

この子を鳥女にはしたくない！　自分と同じ闇に堕《お》としたくない！

でも、どうやればいいかわからなかった。鳥女である雛里の頭は、ごく単純なことしか理解しきれない。自分で何か考えて行動に移すのは、少女を探し出すことくらいが限界だ。

だから雛里は決めたのだ。この少女の頼みを叶えてやろうと。自分にお礼を言ってくれた、温かいものをくれた娘のために、一肌脱いでやろうと。

目もくらむような激痛をこらえて、雛里は走り続けた。

# 14

鷹丸は不機嫌の頂点にいた。原因は、自分の思いどおりにならないことへの苛立ちだ。

自分の望みが通らないというのは、鷹丸にとっては珍しいことだった。十三年間の人生の中でも、数えるほどしかない。願いや望みは、それがどんなものであれ、たいてい叶えられてきたというのに。しかも、今鷹丸が望んでいるのは、たった一つの、とても簡単なことなのだ。

「茜はどこ？　茜に会いたい」

ここ十日ばかり、静江の顔を見るたびに、鷹丸は訴えていた。

鷹丸をぶとうとして、茜は雛里に気絶させられた。そのまま静江に抱きかかえられ、どこかに連れていかれてしまったのだ。それ以来、茜に会うことができず、鷹丸はたまらない寂しさと不安をかかえこんでいた。

まさか茜は天鵺家から追い出されてしまったのではないだろうか？　もう二度と、ぼくのところに戻ってこないのだろうか？

そんなこと、とても我慢できなかった。だから何度となく静江に頼んだのだ。茜を連れ戻してくれと。

「あれはふざけただけだよ。茜がぼくを本気で叩こうとするわけがないじゃないか」

そう弁明しても、静江はがんとして茜の居場所を教えようとせず、茜が戻ってくることもなかった。

とうとう癇癪《かんしゃく》を起こし、ある朝、鷹丸は用意された朝餉《あさげ》の膳を全部引っくり返した。さすがに静江は怖い顔になった。

「若君！　何をなさいますか！」

「し、静江がいけないんだよ！」

ひるみながらも、鷹丸は声をはりあげた。

「ぼくがこんなに頼んでいるのに！　茜を戻さないなんて、ひどいよ！　茜に何してるの？　ひどいことしたら、静江だって許さない！　早く茜をここに連れてきて！　今すぐ！　さもないと、ごはんなんて絶対食べないから！」

食事をしないという脅しは、鷹丸にとって最終手段であり、これまでは常に効果があった。

だが、今回は違った。静江は引き下がらず、ゆっくりと凍えるような声で言ってきたのだ。

「時が来れば、茜様は戻っていらっしゃいます。そうなったら、二度と若君のおそばから離れることはありません。私がお約束いたします。さあ、お願いですから、これ以上同じことを繰り返さないで、ちゃんとごはんを召しあがってください」

「だ、だけど……」

「茜様の話はこれで終わりです。もし今後茜様の名前を一言でも口に出したら、大旦那様に申し上げて、本当に茜様を天鵺家からはずしていただきますからね」

その脅しは何にも増して、鷹丸をおびえさせた。少年は口を閉じるしかなかった。

だが、いまだに茜は戻ってこない。静江はもちろん、他の使用人達も何も言わない。もっとも、使用人達のほうは実際に何も知らないようだった。

自分の部屋に閉じこもり、若君はきりきりとした思いにさいなまれていた。

いったい、どこにいるんだろう？　何をしているんだろう？

森の主《ぬし》に目玉を返すなどと、突拍子もないことを言う子ではあっても、茜はかけがえのない友達だ。失いたくない。

ふと、恐ろしいことが思い浮かんだ。

もしかしたら、茜は戻れないのではなく、戻りたくないと言っているのではないだろうか？　もう鷹丸のそばになどいたくない、鷹丸なんか嫌いだと、完全に腹を立ててしまっているのではないだろうか？

嫌われたのかもしれない。

そう考えたとたん、ずどんと、胃の中に何かが食いこんだような気がした。鷹丸は慌ててかぶりを振った。

いいや、そんなことあるはずがない。茜がぼくに本気で怒ったりなんかするものか。

「帰ってきてよ。早く帰ってきて。お願いだよ」

声に出してつぶやいていると、ふいに雛里が現れた。鷹丸は思わず剣呑《けんのん》な目で睨みつけてしまった。あの時、雛里が大げさに警戒して、茜のことを打ち倒したりしなければ、こんなことにはならなかったのに。

だいたい、茜はあんなにも雛里に優しかったのに。何かと気遣って、言葉をかけて、笑いかけていたのに。その茜を、雛里は打って気絶させたのだ。

むらむらと怒りがこみあげてきて、鷹丸は雛里から目を背けようとした。と、雛里は無言で一冊の本を差し出してきたのだ。ぼろぼろの、汚らしい本だ。

「何これ？」

顔をしかめる鷹丸に、雛里はぐいぐい本を押しつけてきた。

「ちょっと。やめてよ！」

しかたなしに受け取ると、雛里は一歩後ろに下がった。その大きな目がうながすように鷹丸を見る。

「読めってこと？」

こくりと雛里がうなずく。それも何度も。そのしぐさには並々ならぬ力がこもっていた。鳥女《とりめ》がこんなことをするなんて。

興味にかられ、鷹丸は本を開いた。そうして自分の一族の、知りたくもなかった歴史と秘密を知ったのだ。

読み終えた時、鷹丸は身をかがめて何度も息を吸わなければならなかった。めまいがおさまらなかった。こめかみのあたりが、どくどくと脈打っているのを感じる。忌まわしい天鵺の血が体の中を流れていく。黒羽ノ森の主よりも、よほどどす黒い天鵺の血が。

我慢できず、鷹丸は吐いていた。ちり一つなかった床の上に、胃の中のものをぶちまける。すっぱい臭気が部屋中に広がったが、それでも吐くといくらか楽になった。

涙をぬぐいながら、鷹丸は雛里を振り返った。

「これ、ど、どこで見つけたの？」

雛里はすっと壁を指さした。壁の向こうは茜の部屋だ。

「茜？　茜の本なのかい、これ？」

雛里はうなずいた。啞然となったものの、鷹丸はすぐさま全てを悟った。

「そうか。だから、あんなことを言いだしたんだ」

黒羽ノ森の主を鎮めたい。主に目玉を返したい。

この手記を読んだ茜が、そう望むのも無理はない。鷹丸だって、今はそれが当然だと思う。

だが、あの時、茜の様子は奇妙だった。単なる正義感に燃えているというより、おびえて焦っている様子だった。まるで何かに狙われているかのような……。

「茜はいったい……どうしちゃったんだろう？」

雛里がまたしても動いた。鷹丸の手から手記を取り上げると、ぺらぺらと紙をめくり、おもむろにある部分を指さしたのだ。

鷹丸はそこを読んでみた。それは五代目当主が鳥女を作ったというくだりだった。幼い女の子を贄《にえ》にして……。

はっと鷹丸は顔をあげた。すでに血の気がなかった顔が、今度は灰色へと変わった。

「まさか……茜は……と、鳥女にされる？」

大きく雛里がうなずいた。

我に返った時、自分が激怒しているのか、それとも恐怖しているのか、鷹丸にはわからなかった。とにかく頭が、はらわたが煮えたぎるようだった。憤然と立ち上がった。

「すぐに静江に言う！　言ってやめさせないと！」

だが、雛里が行く手を阻《はば》んだ。無駄だと、その目が雄弁に言っている。どいてと怒鳴りつけようとしたところで、鷹丸は急に力を失い、うずくまってしまった。

雛里の言うとおりだ。静江は、茜を鳥女にしようとしている。鷹丸がどんなに茜を大事に思っているか、知っての上でだ。鷹丸が真実を知ったからといって、ひるむようなことはないだろう。茜を解放するはずもない。

『な、なぜこんな、こ、こんなひどいことができるんだ！』

これまで鷹丸にとって、静江は乳母であり、優しい世話係であり、身を守ってくれる頼もしい呪術師だった。だが今、信じていたその像がぼろぼろと崩れていく。鷹丸のためとはいえ、静江のやり方はあまりにも身勝手で残酷だ。そんな静江を、鷹丸は許すことができなかった。

息が苦しくなった。自分が檻の中にいるような錯覚に襲われ、めまいがしてきた。

だめだ。この部屋にいてはだめだ。考えがまとまらない。外に出なくては。とりあえず、外に出なくては。

ふらふらと、鷹丸は自室からよろけ出た。雛里はあとからついてきた。

長い廊下をあてもなくふらついていると、ざわつきが聞こえてきた。見れば、使用人達が荷物を外へと運んでいる。あれは、義母ぬいの行李《こうり》ではないだろうか。

ああ、またどこかに遊びに行くのかと、ぼんやりと思っていると、ふいに後ろから声をかけられた。

「鷹丸?」

振り返れば、父と義母がいた。

「父様……ぬい義母様」

目が合うと、ぬいはさっと顔を背《そむ》けた。いつものことだ。この人は、鷹丸の醜いただれを死ぬほど嫌っている。醜いものを見ると、自分まで醜くなると、固く信じているようだ。

ぬいとの会話をあきらめ、鷹丸は椋彦を見あげた。よそいきに身を包んだ父は、さっそうとしていた。その顔には優しい笑みがあった。

「どうしたんだい? こんなところまで出てくるなんて、珍しいじゃないか。わざわざ見送りに来てくれたのかい?」

「見送り? お出かけなのですか?」

「うん。これからぬいと一緒に帝都に行ってくる。おじいさまもだ。お得意様からお招きを受けていてね。帰るのはたぶん、三日後だろうね」

さわやかな父の顔を見ているうちに、鷹丸はこの人にすがりたいという強烈な衝動がこみあげてきた。

この人なら、茜を助けてくれるかもしれない。息子であるぼくの、心からのお願いを聞いてくれるかもしれない。天鵜家にもまだ良心は残っていると、証明してくれるかもしれない。

鷹丸は口を開きかけた。

「あ、あの……」

「ん？　なんだい？　何かほしいものでもあるのかい？」

鷹丸の言葉は続かなかった。雛里が横から割って入ってきて、激しくかぶりを振ったからだ。髪の毛が飛び散るような勢いで首を振る雛里に、鷹丸は何も言えなくなってしまった。

一方、雛里の姿が見えない椋彦は、首をかしげた。

「ほしいものがあるなら、早く言ってくれるかい？　そろそろ出かけないと、汽車の時間に間に合わなくなるんだが」

「あの、いえ……」

試してみようと、鷹丸は父の顔をしっかりと見返した。

「茜のために、何かきれいなものを買ってきていただけませんか？　ぼく、ちょっと喧嘩をしてしまって。仲直りできるように、何かあげたいと思うんです」

まあっと、ぬいが初めて声を上げた。

「もう女の子に贈り物とは。鷹丸さんはませていらっしゃること。隅に置けませんわねえ」

ぬいの意地悪い言葉に赤くなりながらも、鷹丸は父親の顔から目を離さなかった。茜の名前を聞いて、父はどんな反応を見せるだろう。戸惑うだろうか。たじろぐだろうか。申し訳なさや狼狽《ろうばい》が、少しでもよぎってほしい。

父親の人間らしさを求め、鷹丸は痛いほど願った。

だが、願いは叶わなかった。椋彦は落ち着きはらい、いっさいの表情の変化を見せなかったのだ。

「なるほどねえ。まあ、何か見つくろってきてあげてもいいけど……茜ちゃんにはそういうものはいらないと思うな。そんな心配しなくたって、あの子はおまえのそばにいてくれると思うよ。ずっとずっとね」

ぱっと鷹丸は顔を伏せた。血の気が引いていく顔を、見られないようにするために。

「そう、ですか」

「うん。そうだよ」

「……わかりました。気をつけて行ってらっしゃいませ」

「うん。行ってくる」

鷹丸は父から逃げるように離れた。


離れていく鷹丸を見送りながら、大きくなったなと、椋彦は思った。あれが自分の息子、自分の分身。そう考えると、不思議な気持ちになった。

正直、愛《いと》しいとは思わない。ただ、大事だとは思う。当たり前だ。この天鵺家を次に担う子なのだから。だから、どんなことがあっても守らなくてはならない。

家を守ることが最優先。他のことはどうでもいい。

天鵺家の掟は、がっちりと椋彦の中に根づいていた。

自分の心が、ずいぶんと冷たくなってしまったなと、思う時もある。昔はこんなではなかった。父の燕堂の冷淡さに怒りや反感を覚えたし、弟や妹が自分のために犠牲になっていくのを嘆き悲しみもした。

しかし、やがて気づいたのだ。怒っても嘆いても悲しんでも、一族の宿命からは逃れられない。それなら、掟を受け入れるしかないではないか。

家を守れ。家を守れ。

掟にしがみつくことで、椋彦は自分の心が壊れるのを防いだ。その結果、人間らしい優しさは消え、何事にも動じない冷徹さ、冷淡さが彼のものとなった。歴代の当主達に備わっていたものが、椋彦にも備わったのだ。

いずれは、あの弱々しい鷹丸にも備わることだろう。その時まで、あの子を無事に生き延びさせなくては。

「もういいでしょう？　そろそろ行きませんと」

ぬいの苛立った声が、椋彦を我に返らせた。思わず妻を見た。

「君はあいかわらずあの子に冷たいね」

「私はただ……私自身の子供がほしいだけですわ。鷹丸さんはあまり私に懐いてくださらないのですもの。私、寂しいんです」

それは君があの子を嫌うからだろうと、椋彦は心の中で冷たく笑った。だが、ここでそれを言う気はない。わざわざこの女の神経を逆撫でするなど、そんな面倒なことはする気にもならない。

「そうだな。子供はほしいね。いくらいてもいい」

「まあ」

白い頬をほんのりと赤らめるぬいに、椋彦は優しく微笑みかけた。

鷹丸を無事に成人させるために、他に子供を作っておこう。父が自分にしてくれたように、自分も鷹丸にできるだけのことをしてやらなくては。

ぬいの手を取って、椋彦はゆっくりと玄関口へと向かいだした。

# 15

気づけば、鷹丸は自分の部屋に戻っていた。父との対話を終えたあと、どうやってここまで戻ったのか、覚えていなかった。頭の中には、父の穏やかでさわやかな笑顔がいっぱいに広がっていた。

茜ちゃんにはそういうものはいらないと思うな。

あの子はずっとおまえのそばにいてくれると思うよ。

「父様……なんで……」

茜がこれからどうなるのか、父は間違いなく知っていた。知っていて、あの笑顔を崩さなかったのだ。あの人はもうだめだ。すでにどす黒い渦の中に、どっぷりと取りこまれてしまっている。いや、それどころか、渦を生みだしている一人なのだ。

ぜいぜいと、呼吸が不規則になってきた。せきの発作を恐れて、鷹丸は慌てて息を深く吸った。

集中しろ。今一番に考えなくてはならないことはなんだ？　そのことだけを考えるんだ。それは考えるまでもなかった。

「茜を助けないと。鳥女《とりめ》になんかさせられないよ。でも……どうしたらいいんだろう？」

雛里を見ても、困った表情で見返してくるばかりだ。鷹丸同様、これ以上の考えが浮かばないのだろう。

鷹丸には助言をしてくれる人が必要だった。冷静な目で物事を見ることができる、大人の助言が今すぐほしい。

だが、いったい誰がいる？　使用人達ではだめだ。彼らはたぶん何も知らないし、事情を話しても、わかってくれないだろう。静江はもちろん論外だし、父親もあてにならないとわかったばかりだ。

むろん、祖父にも頼ることはできない。あの人は天鵺家のためになることしかやらない。別の言い方をすれば、天鵺家のためならどんなことでもするのだ。

自分の家族の正体が、今ならよく見える。つくづく浅ましい。情けなくて泣けてきた。だが、涙をこらえて考え続けた。

そうだ。もう一人いる。だが、あの人は物狂いで、物狂いでない時は鷹丸を憎んでいる。助言を求める相手として、これほどふさわしくない人物もいない。

『でも……あの人ほど天鵺家らしくない人も他にいない』

それも事実だ。

鷹丸は腹を据えた。これは一種の賭けだ。勝つか負けるか、二つに一つ。

息を吸いこみ、雛里に言った。

「これから叔母様のところに行く。人目をかわすのを手伝って」

雛里は一瞬目を見張り、それからこくりとうなずいた。

二人はこっそり部屋を抜け出した。今の時刻、使用人達は屋敷のあちこちに散らばり、それぞれ忙しく自分達の仕事をしている。廊下をせわしなく行き来している者達も多かった。

だが鷹丸は屋敷の内部をよく知っていたし、向こうから誰か来る時は、いち早く雛里が教えてくれたので、そばの部屋なり物陰なりに隠れてやりすごした。

そうして誰にも見つかることなく、北の離れへとやってきた。ここは、千鳥の住まいだった。しばしば物狂いを起こす千鳥は、一族から隔離され、この離れに押しこめられているのだ。

鷹丸は離れへと足を踏みいれ、千鳥の部屋の近くまでやってきた。廊下の角のところから、鷹丸はそっと部屋のほうをうかがった。

二人の男が、退屈しきった様子で部屋の前に立っていた。千鳥が暴れたり、勝手に部屋を出たりしないように、見張っているのだ。あの二人の目をかわすことは、まず無理だ。覚悟を決め、鷹丸は堂々と部屋へと近づいていった。若君の姿を見て、男達は飛び上がらんばかりに驚いた。

「わ、若様。こ、ここに来ちゃいけませんよ。戻って。戻ってください」

「あっしらは若様を千鳥様に近づけるなって、きつう言われているんですよ」

「いいから、そこをどいてよ」

鷹丸はわざと横柄に言った。

「もうずいぶん叔母様とお話ししていないんだ。今日は絶対お話しする。そう決めたんだ。早くぼくを通して」

が、男達は困った顔をしながらも、動かなかった。鷹丸は本気で苛立った。

「ぼくは叔母様に会いたいんだ。そこをどいて。……ぼくの言うことが聞けないのか？」

父や祖父が誰かに命じる時の、冷ややかな口調を真似てみた。これがうまくいった。少年の態度に気圧《けお》されて、ついに男達は戸の前からどいたのだ。

「あの、中までお供しましょうか？」

「いらない」

「だ、だけど、もし何かあったら……」

「いらないったら！　叔母様と会うだけなんだから。二人きりにしておいて。絶対入ってこないで。いいね？」

「は、はあ……」

男達を振り切り、鷹丸は部屋の中に入り、ぴしゃりと戸を閉めた。戸の向こうから、慌ただしく駆け去る足音が聞こえた。男の一人が、この事態を静江に伝えに行ったのだろう。あまり時間がない。

息を吸いこみ、前を向いた。

片づいているとはとても言えない部屋だった。化粧道具や裁縫道具などがあちこちに散らばり、着物や帯も乱雑に放り出されている。

部屋中に人形があるのも、落ち着かなかった。全部女の子の人形だ。大きいものから小さいものまで、三十体はあるだろう。その人形達だけはきちんと大切に扱われているようで、それだけに異様な感じがする。

正気の者が住む部屋じゃないと、鷹丸は思った。それでいて、漂う空気はどこか艶《なま》めかしい。ここは確かに大人の女の部屋でもあった。

わけもなくどきどきしかけた時、屏風《びょうぶ》の向こうからひょいっと千鳥が顔をのぞかせた。

二人の目がぱしっと合った。千鳥の目は澄んでいた。今日は正気なのだ。

鷹丸は体がこわばるのを感じた。正気の時の叔母は、物狂いを起こしている時よりも恐ろしい。何か叔母の心をなだめるようなことを言わなくては。だが、頭の中が真っ白になってしまった。

「叔母様……」

ひきつれた声で呼びかけるのが、やっとだった。

一方、さすがの千鳥もすぐには言葉が出ないようだった。

「これはこれは……」

千鳥はゆっくりと屛風の向こうから出てきた。青いあさがお模様の、白い紗《しゃ》の着物を着た千鳥は、鷹丸の目から見ても美しかった。だが、その手には大きな裁ちばさみが握られている。十分に武器になりうるものだ。

鷹丸の脇の下から冷や汗がにじみでてきた。今にも身を翻《ひるがえ》し、一目散に逃げ出したくなる。だが、逃げるわけにはいかないのだ。隣では油断なく雛里が身構えている。千鳥が少しでも不審な動きをしたら、すぐに雛里が食い止めてくれるはずだ。そのことを信じ、鷹丸は踏ん張った。

甥の前にやってくると、千鳥は不思議そうなまなざしをそそいだ。

「思いがけないとはこのことね。まさか、あなたのほうから私を訪ねてきてくれるなんて。……どうしてなのかしら？」

「お、叔母様。た、助けて、ほしいんです」

言ったあとで、もっと言葉を選ぶべきだったと、鷹丸は自分を殴りつけたくなった。助けてほしいだって？　この人がぼくを助けてくれるわけがないじゃないか。助ける理由も義理も、何一つないのだから。

千鳥はしばらく何も言わなかった。が、その白い手がぐっと裁ちばさみを握りしめるのが見えた。鷹丸は身をすくめ、雛里はますます身構えた。

だが、恐れたことは起こらなかった。千鳥は裁ちばさみをそばの箪笥《たんす》の上に置き、低い声で尋ねてきた。

「あなたがここにいること、静江は知っているのかしら？」

「もうじき……知ると思います」

「なら、のんびりはできないわね。助けてほしいことって何？」

「あ、茜がどこにいるか、知りませんか？」

「あら、あの子、いなくなってしまったの？」

「……静江が、どこかに連れていってしまったんです。たぶん、静江は……あ、茜を鳥女にするつもりなんです」

千鳥の顔がすっと真剣なものになった。

「叔母様……」

「……あの子がいるとしたら、籠部屋でしょうね。私も一度入っていたことがある。静江の部屋の奥にある、座敷牢よ。扉を開けるには鍵が必要よ」

たぶん静江が肌身離さず持っているわと、千鳥は言った。そうしてしゃべりながら化粧台の引き出しを探り、小さな紙包みを取り出した。それを鷹丸へと差し出し、ひそやかにささやいた。

「眠り薬よ。この薬を静江に飲ませて眠らせて、鍵を取るといいわ。どうせ頼んだって渡してはくれないだろうし。うまくやりなさい」

「は、はい」

包みを受け取ったものの、鷹丸はその場を立ち去りかねた。あまりにも簡単に必要な情報が、必要な品が手に入った。そのあっけなさに戸惑ったのだ。

叔母の美しい顔を見つめると、自然と別の顔が頭に浮かんできた。かわいい幼い女の子。ぱっちりとした目が愛らしく、その笑顔を見ると、心に大きな向日葵《ひまわり》が咲くような感じがしたものだ。

だが、あの子はいなくなってしまった。あの笑顔を見ることは、二度とできない。

どわっと、涙があふれた。

「叔母様、ごめんなさい……ごめんなさい、こるりのこと」

泣きじゃくる甥を見る千鳥の目は、石のごとく動かなかった。

「……そうね。こるりは死んでしまった」

つぶやく声は、真冬の風のように冷たくうつろだった。

「まだたったの四歳だったのに。あの子の人生はこれからだったのに。魔物の狙いはいつもあなた。そして、あなたはいつも生き残り、まわりの者が犠牲になる。それが天鵺家の伝統ですものね。あなた達は私の仇《かたき》。だから、私があなたを狙うのも当然よねえ」

千鳥の目が不気味にさ迷い始めた。その手が、先ほど置いたはずの裁ちばさみをもてあそび始める。

だが、千鳥はなんとか心の高ぶりを抑えようとしているらしかった。鷹丸から顔を背けるようにしながら、千鳥は吐き捨てた。

「もう行って！　これ以上、私の前にいないで！」

「はい」

鷹丸はうなだれて去ろうとした。その小さな背中に、千鳥は乾いた声を投げかけた。

「これだけは言っておくわ」

「えっ？」

「こるりを殺したのは、あなたじゃない。黒羽ノ森の主《ぬし》でもない。天鵺家そのものなのよ。だから、あなたを殺したいと思ったことはあっても、憎んだことは一度もないわ」

憎んだことは一度もない。

鷹丸はふたたび目が熱くなった。

「ありがとう、叔母様」

ぽつりとつぶやき、鷹丸は今度こそ部屋を出た。廊下を歩く間、涙が止まらなかった。

四年前の秋、外に嫁いでいった叔母が、一人娘のこるりを連れて天鵺屋敷に遊びにやってきた。本当は遊びにきたわけではなく、鷹丸の父と祖父に無理やり呼び出されたらしい。が、そのあたりの事情は、鷹丸にはどうでもよかった。かわいい年下の従妹と遊べるのが、ただただ嬉しかったのだ。

こるりは人懐こくて、なんにでも興味を示す女の子だった。くるくると表情を変え、絶え間なくおしゃべりをする。そのまぶしいほどの活力に、鷹丸は圧倒された。まるで真夏の向日葵のようだ。そう思った。

だが、その活発さがあだとなった。

二人で庭で遊んでいた時だ。ふと気づくと、隣にいたはずのこるりがいない。またどこかに行ってしまったのかと、鷹丸はため息をつきながら立ち上がった。

四歳の少女はじっとしていることがなかった。何か目を惹《ひ》くものがあると、そちらにまっしぐらに走っていってしまうのだ。今度は何に惹かれて行ってしまったのだろう?

鷹丸は心配はしていなかった。しっかり結界がほどこされているので、庭の中であればどこであれ安全だ。それに、秋から冬にかけて、黒羽ノ森の主の力はめっきり衰える。木の葉が色づくのと同時に、妖気は薄まり、虫の数も一気に減る。だから、いつもは神経質なほど気を張っている静江も、子供達が二人きりで庭で遊ぶのを許してくれたのだ。

鷹丸はこるりを捜し始めた。だが、捜しても捜しても見つからない。もぞもぞと、いやな感触がお腹のあたりでうごめきだした。

いや、きっと大丈夫だ。そんな怖がる心配はない。あの子は向日葵のような子だ。あの子に悪いことが起きるなんて、そんなことあるはずがない。

念のためと、少年は北側の裏庭へと回った。そして、信じられないものを見る羽目となった。

森と屋敷とを隔てる、まじないの石垣。その向こうに、こるりが両目を押さえて立っていた。こるりは、禁断の黒羽ノ森の領域にいたのだ。

鷹丸は総毛立った。慌てて石垣のところまで駆け寄り、必死で叫んだ。

「こるり！　何やってるの！　そこにいちゃいけない！　戻っておいで！」

こるりは悲痛な泣き声で答えてきた。

「見えないの！　目にごみが入っちゃって、何も見えない！　鷹丸兄様、どこぅ！」

「こっちだよ。こっちだってば！」

だが、こるりは目を押さえたまま、うろうろするばかりだ。鷹丸は髪の毛が逆立つ思いだった。

ぐずぐずしていて、森の魔物がこるりに気づいたら？　ああ、とんでもないことになる。

石垣に這い上り、そこからのばせるだけ手をのばした。

「早く。ぼくはここだよ。ほら、こっち。ここから入っておいで」

入れと言ったとたん、こるりが手をおろした。

あやうく鷹丸は石垣から転がり落ちるところだった。こるりは、信じられないほど邪悪な笑みを浮かべていたのだ。その笑みは人間のものではなかった。

こるりが矢のように鷹丸に向かってきた。その懐《ふところ》から、袖口から、次々と黒いものが飛び出してきて、鷹丸に襲いかかる。すかさず雛里が現れ、鷹丸をかばった。が、完全にはかばいきれなかった。

何か柔らかいものが頬をかすった。そう感じた次の瞬間、痛みが炸裂《さくれつ》した。顔がふくれあがり、燃えるように熱くなる。

無数の熱した針でつつかれるような激痛に、鷹丸は気を失った。そして次に目覚めた時、顔にはすさまじい傷がはりついていたのだ。

これは呪いの傷。恐らく一生消えることはないだろう。

静江の言葉に、鷹丸は何日も泣き続けた。だが、こるりの死の知らせは、傷の痛み以上に鷹丸の心をえぐった。

こるりが死んだ。あの子が死んでしまった。ぼくのせいだ。ぼくが目を離したから。あの子は黒羽ノ森の主に食われてしまった。ぼくのせいだ。

その時から、顔と心の両方に、鷹丸は癒《い》えることのない傷をかかえることになった。このうえ、茜を失ってしまったら、それこそ立ち直れない。考えるだけでぞっとする。

茜を鳥女になんかしたくない。雛里のように、表情のない、ただ戦い守るだけのものになんかさせられない。

その時、鷹丸ははっと気づいた。

雛里も、もとは人間だった。茜やこるりのように、くるくるとよく笑う、ごく普通の女の子だったのだ。だが、天鵜家に捕まり、こんな戦うだけの道具に変えられてしまった。決して起こってはならないことが、雛里の身に起きてしまったのだ。

隣を歩く雛里の手を、鷹丸は思わず握りしめた。雛里が不思議そうに見返してくるのもかまわず、鷹丸は雛里の傷に覆われた手をそっと両手で包みこんだ。涙がまたあふれた。

何度も何度も、ずたずたにされてきた手。自分を、代々の跡継ぎ達を守ってきてくれた手だ。もみじのように小さい。こんなに小さいことに、これまで気づかなかった。雛里が受けた痛みを、想像することもなかった。そのことが死ぬほど恥ずかしくて、つらかった。

「ごめんね、雛里。君はずっと……ぼくらのために戦って、怪我してきたのに。ぼくは、お礼も言わなかったね。今までほんとに……ほんとにありがとう。守ってくれて、あ、ありがとうございます」

鷹丸の言葉に、雛里の目がうっすらと潤んだ。

この短期間で、雛里は驚くほど感情を表すようになっていた。まるで失った人間らしさを、一生懸命取り戻しているかのようだ。

茜を逃がしたら、今度は雛里を自由にする方法を見つけよう。必ず何かあるはずだ。

鷹丸は誓い、前を向いた。廊下の向こうから、静江がすごい形相で駆けてくるのが見えた。

# 16

「このようなことをされては困ります」

静江の怒気を含んだ声がまた飛んできた。

「千鳥様の状態は若君もよくご存じでしょうに。今後いっさい、千鳥様に勝手に近づいてはなりません。よろしいですね？」

「静江。もうそれ四回も聞いたよ」

「では、もう一回お聞きなさい！」

ぴしゃりと言われ、鷹丸は首をすくめた。

あれから自分の部屋に連れ戻され、さんざん怒られたのだ。説教が始まってからもうずいぶん経つが、いまだ静江の怒りはおさまらないらしい。

「まったく。千鳥様が荒れたりなさらなくて、幸いでした。もしものことが起こっていたらと思うと、ぞっといたします」

「そんな大げさな。静江、あの人はぼくの叔母様なんだよ?」

「いいえ、若君は用心が足りません。あの方はこるり様を失ったことで、心の安定を失ってしまわれたのです。そしてこともあろうに、若君を恨んでおられる。逆恨みもいいところです。ああ、やはり安心できません。大旦那様がお帰りになられたら、千鳥様を遠方の別荘に移していただきましょう」

「そんなことしなくたっていいんだって! ぼくは何もされなかったんだから! それより静江……」

鷹丸はとっておきの上目づかいで静江を見た。

「今日、ぼくと一緒にごはんを食べてくれない? 給仕なんかしなくていいから。一緒に席について食べてほしいんだ」

「私が若君と? しかしそれは……」

「お願いだよ。茜がいた時は、いつも二人で食べてたから。一人で食べるのはとても寂しいんだ。だからお願い」

声をか細く震わせて哀願した。

静江はすぐに折れた。彼女は、若君のこうしたおねだりにはすこぶる弱かった。それに、寂しいんだと甘えられては、応えないわけにはいかない。まんざらでもない顔になって、うなずいた。

「では、ご一緒させていただきましょう」

その夜、鷹丸の部屋に二人分の食事が運ばれてきた。だが、いつもの癖というものはなかなか抜けないものだ。同じ席についていても、静江は食べるよりも、もっぱら鷹丸の世話を焼きたがった。あれを食べろこれを食べろ、喉が渇いてはいないかと、落ち着かない。

ついに鷹丸は声をあげた。

「もう！　ぼくのことはいいから。静江もちゃんとごはんを食べなよ。ほら、ぼくの卵焼きあげようか？」

「とんでもない。若君のお食事に使用人が箸をつけるなど、言語道断でございます」

「静江は使用人なんかじゃないよ。ぼくの大事な……人なんだから」

静江が嬉しそうに微笑む。さらに気をゆるませるために、鷹丸は次々と自分の口におかずを押しこんでいった。いつになく食が進む少年の姿に、静江はますます嬉しげになる。

笑い返しながら、鷹丸はみそ汁の椀に手をのばした。そうして、わざと椀を取り落とした。

「うわっ！」

「大丈夫ですか、若君！」

「うん。平気。体にはかかってないから。ごめん、静江」

「いいのですよ、ご無事なら。今新しいのを持ってまいりましょう」

二人きりで食べたいからと鷹丸が頼んだので、部屋に女中の姿はなかった。静江が呼ぶまで、女中達は部屋には近づかないことになっているのだ。

こぼれたみそ汁をふきんでふきとってから、静江はにこやかに部屋を出て行った。雛里が現れ、戸口のところに見張りに立った。こちらを振り返り、うなずく。静江が完全に部屋から遠ざかったという合図だ。

鷹丸は急いでもらった紙包みを取り出した。中に入っていたのは、白っぽい粉薬だった。量はほんの二つまみほど。

罪悪感を覚えつつ、鷹丸は薬を全部、静江のみそ汁の椀に落としこんだ。粉薬はなんなく汁の中に溶けて、見えなくなった。

念のため箸でみそ汁をかきまわしていると、とんっと、雛里が足踏みをした。静江が戻ってきたのだ。鷹丸はすぐさま食事をしているふりをよそおった。

静江が新たな椀を持って部屋に入ってきた。

「お待たせいたしました。さあ、どうぞ」

「ありがとう。静江も食べて」

「はい。いただきます」

静江は腰をおろして食べ始めた。焼き魚と飯を食べ、漬物に箸をつけたあと、みそ汁の椀を手に取った。

思わず息をつめる鷹丸の前で、静江はゆっくりと味わうように汁を飲んでいった。中の具もすっかりたいらげてから、静江は鷹丸の視線に気づいて首をかしげた。

「どうかなさいましたか？」

「う、ううん。別に。なんでもない」

鷹丸は慌てて目を伏せた。

それからさほど経たないうちに、静江の体がゆらゆらと揺れ始めた。目の奥が濁《にご》り、しまりのない顔となる。

「なんだか、おかしいですね……」

つぶやき、立ち上がろうとしたとたん、膝が崩れ、静江はばったりその場に倒れた。

「静江！」

鷹丸は慌てて駆け寄り、静江の脈をとってみた。ゆっくりとだが、脈は力強く打っていた。眠っているだけだ。

ほうっと息をついてから、震える手で静江の帯を探り、はさみこまれていた鍵束を取り上げた。丸い輪の中に、二十を超える鍵が通されている。とりあえず全部持っていくことにした。

最後に、眠っている静江の顔を見下ろした。

さよなら。

心の中で別れを告げ、鷹丸は雛里のほうを振り返った。

「行こう、雛里」

二人はふたたび部屋を抜け出した。廊下を歩く使用人の姿は、昼間よりもずっと少なくなっていた。おかげで、千鳥の部屋に向かった時よりもはるかにたやすく、二人は静江の部屋にたどりついた。

部屋は簡素なものだった。箪笥《たんす》が一つに、机が一つ。家具はそれだけしかない。かわりに、部屋のいたるところに置かれていたのは、たくさんの書物やまじない用の道具らしきものだった。

鈴のとりつけられた錫杖《しゃくじょう》。素焼きの面。たくさんの鳥の羽根が入った籠。巻物。薬草の束。小さな瓶や壺。模様のような文字が描かれた紙や札。何かの生き物の、干からびた手。

そこはまぎれもなく呪術師の部屋であった。

物珍しくて、鷹丸はきょろきょろと見回していた。と、雛里が背中を押してきた。

「えっ？」

雛里は鷹丸を部屋の奥へと押しやり、しっくいの壁を指さした。そこには鬼を描いた、不気味な絵がかかっていた。掛け軸のような感じであったが、非常に大きなもので、壁一面をおおっている。

「これがどうかした？」

絵をめくってみて、鷹丸は驚いた。壁には鉄製の小さな扉がはめこまれていたのだ。

この扉の向こうに茜がいる！

火の玉を呑み込んだような気分になった。急いで鍵束を取り出し、かたっぱしから鍵を試していった。

ようやく鍵が合った。がちゃりと回し、扉に手をかけた。

扉は信じられないほど重かった。雛里にも手伝ってもらい、なんとか自分がすべりこめるほどの隙間を作った。向こう側の空間はひどく暗かった。そして、むっとするような悪臭が流れてくる。

躊躇《ちゅうちょ》する鷹丸を置いていくように、雛里が先に入っていった。なるべく口で呼吸をするようにしながら、鷹丸も踏みこんだ。こんなひどいところに本当に茜はいるのだろうかと、疑いながら。

　数歩と歩かないうちに、奥に格子が見えてきた。檻《おり》だ。檻の前には雛里がいた。かがみこみ、格子の向こうにいる汚らしい何かをそっとなでている。

「茜？　茜なの？」

　汚らしいものがゆっくりと顔をあげた。と、にまっと笑ったのだ。狂気の笑みだった。

　一瞬凍りついた後、鷹丸は格子に飛びついた。

「茜！　しっかりして！　い、い、今出してあげるから！」

　鷹丸はふたたび鍵束を取り出した。焦りと恐怖のせいで指が震え、何度も鍵を取り落とした。それでもようやく合う鍵を見つけ、格子戸を開いた。

「あ、茜……」

　それ以上声が出なかった。

　茜はまるで別人のようだった。いや、人にすら見えなかった。雛里と同じような羽根のついた衣を着ているせいで、本当に鳥の子のようだった。髪はぼさぼさで、全身から嫌な臭いがした。

　なにより、目が違っていた。光を失っている。

　絶句している鷹丸を見上げ、茜はにまにまと笑っていた。汚れきった頬から、ぼろりと何かがはがれおちる。

茜はぶつぶつぶやきだした。

「鳥。鳥。どこへ飛ぶ。虫殺す。ふふふ。あ、かね。あたしは鳥女《とりめ》。茜。あ、茜は鳥」

「違う！」

思わず茜の両手首をつかんで、力まかせに立ち上がらせた。この場所から茜を出さなくては。ここには狂気が渦巻いている。

鷹丸と雛里は二人がかりで、茜を外に引きずり出した。足元のおぼつかない少女の手を引っぱりながら、鷹丸はずっと言い聞かせていた。

「違う。茜は人だ。女の子だ。鳥なんかじゃない。鳥女なんかじゃないんだ。茜は人なんだよ」

それは半分は茜に、半分は自分に聞かせるための言葉だった。

ひとまず逃げこんだ先は、鷹丸の義母ぬいの部屋だった。ぬいは椋彦と出かけてしまった。隠れるにはうってつけだった。

ぬいご自慢の虎皮の敷物に茜を座らせ、箪笥から引っぱりだした絹の帯あげで茜の顔をぬぐってやった。帯あげはみるみるよごれていき、かわりに茜本来の肌の色が見えてきた。

だが、少々小ぎれいになってきても、茜の正気は戻らなかった。けたけた笑い、ばたばたと両腕を羽ばたかせる。その様子は鳥そっくりだ。

もう手遅れなのかと、鷹丸ははらわたをつかまれるような恐怖を味わった。茜は鳥女になりはててしまったのだろうか。

「茜。しっかりするんだ。気をしっかり持って。お、思い出してよ」

語りかけるそばから涙がこぼれる。だが、茜は鷹丸には注意を払わない。今度は体を丸め、着物に縫いつけられた羽根を口でいじくり始めた。まるで鳥が羽繕いをするようなしぐさだ。

この時、どこかに行っていた雛里が戻ってきた。両手を後ろに回し、ひどく顔が青ざめている。

鷹丸に後ろに下がるようにうながすや、雛里は手を前に突き出した。

「うわっ！」

鷹丸が叫ぶのも無理はなかった。雛里の手には、大きな蛇が握られていたのだ。青光りする鱗を持つアオダイショウだ。うねうねと、自由になろうともがいている。その蛇を、雛里は茜に突きつけた。

「ぎゃあああっ！」

すごい悲鳴をあげて、茜がのけぞった。後ろにはいずり、なんとかして蛇から逃れようとする。だが、雛里は逃さず、追い詰めていく。恐怖に顔を歪めて逃げ回る茜が哀れで、鷹丸は「やめろ」と止めようとした。

が、はっと思い出した。

茜は決して蛇が苦手な子ではなかった。前に自慢そうに話してくれたじゃないか。大きな蛇を捕まえて、いじめっ子にぶつけてやったことがあると。

「毒さえなければ、蛇なんかちっとも怖いものじゃないんです。今度、若君にも小さいのを捕まえてきてあげますよ。蛇はきれいですよ。アオダイショウなんて、すっごくかわいい目をしてるんですから」

そうだ。今、蛇を怖がっているのは茜ではない。鳥女だ。蛇は鳥の天敵。その蛇を使って、雛里は茜の心から鳥女を追い出そうとしているのだ。

鷹丸は黙って様子を見ることにした。とにかく、雛里を信じよう。雛里がしていることが、茜にとって悪いことであるはずがない。

その雛里は、茜を部屋の隅へと追い詰めていた。もう茜はぶるぶる震え、くうくうっと、鳩のような哀れな鳴き声をあげている。その頭に、雛里は蛇を投げつけた。蛇はすぐさま茜の首にからみついた。

「……っ！」

茜の目が飛び出んばかりに見開かれた。喉をかきむしるようなしぐさをし、両手をこわばらせ、くるくると体を回すように飛び跳ねる。それでも蛇は離れなかった。

ついに、茜はがっくりと首を落とした。気を失ったのだ。

「茜！」

鷹丸が飛びついた。気持ち悪いのを我慢して蛇をつかみ、ぬるぬるとうごめくのをなんとか押さえて、窓の外に放り出した。

蛇が体から離れると、茜はうっすらと目を開けた。

「茜！　だ、大丈夫かい？」

しきりに自分に話しかけてくる少年を、茜はじっと見つめた。かさかさに乾いた唇がかすかに開いた。

「み、み、すぅぅ……」

「えっ？　何？」

「み、水……」

今度はちゃんと聞き取れた。

「水が飲みたいの？　ちょ、ちょっと待ってて！」

部屋には大きな水差しが置いてあった。だが、中は空だったので、鷹丸は水差しをかかえて外に飛び出した。もう使用人達の目を気にするどころではない。台所に駆け込み、これに水を入れてくれと、女中達に頼もうとした。

だが、女中達はいなかった。今は使用人達の食事の時刻だったと、鷹丸は思い出した。きっと大部屋でみんなで食事をとっているのだろう。それにしては静かすぎるような気もしたが。

とにかく、いないのならいないで、ありがたい。鷹丸は慣れない手つきで、水甕《みずがめ》の水を水差しに移していった。ようやく水差しはいっぱいになった。

重たくなった水差しをかかえ、鷹丸はもときた廊下を戻り始めた。こんなに重いものを持ったのは、生まれて初めてだった。たちまち腕や肩が痛くなる。ぬいの部屋に戻った時には、くたくたになっていた。

「お、お待たせ。水だよ」

茜はすぐさま水差しをつかみ、じかに口をつけて飲み始めた。むさぼるような飲み方だった。ごくごくと、喉が鳴る。お腹が破けてしまうのではないかと、鷹丸は心配したが、茜は全部飲むまで水差しを放そうとしなかった。

茜は飲みに飲んだ。飲んでも飲んでも、飲み足らない気がした。冷たくて清らかな水が体の隅々にまで流れ込み、たまっていたよどみや穢《けが》れを洗い清めてくれる。水差しが空になった時には、頭はだいぶすっきりとしていた。

茜はまっすぐ鷹丸を見た。ああ、今ならこの男の子が誰かわかる。

「若君……」

呼びかけられて、鷹丸は飛び上がらんばかりに喜んだ。

「茜……しょ、正気に戻ったんだ、ね？」

「ええ。ま、まだおかしなところはあるけど……たぶん大丈夫」

茜は鷹丸に微笑み、そしてその後ろの雛里に目を向けた。

「雛里様……また助けていただきましたね」

雛里はかぶりを振り、茜が助かってよかったと、自分の胸に手を当ててみせた。

ぬいの部屋には、まんじゅうや干菓子なども置いてあった。小腹がすいた時のための、ぬいのおやつだろう。手をつけるのは少し気がとがめたが、ぬいよりも今の茜のほうがずっと食べ物を必要としているのだ。

鷹丸はどんどん菓子箱を開けていき、茜は出される菓子を次々とほおばった。暗い檻の中で何日も生肉だけを与えられてきた者にとって、甘い菓子は涙が出るほどおいしく感じられた。一口食べるたびに、体に力が戻ってくるような気がした。考える力もだ。

ある程度腹が満たされたところで、茜はぼそりと言った。

「これから……どうしますか？」

「茜は逃げるんだ」

きっぱり鷹丸は言った。

「もう少し経てば、みんな寝てしまうだろうから。そうなったら屋敷を抜け出すんだ。まっすぐ南に行くといい。二時間もあれば、夜波村《やなみむら》につくはずだから。天繭村に寄ってはだめだよ。ここの村人は天鵺家の息がかかった人達ばかりだから」

「若君は？　どうするつもりです？」

「……これから黒羽ノ森に行くよ」

ぽろっと、茜の手から食べかけのまんじゅうが落ちた。

「そ、そんな！　どうして！」

「黒羽ノ森の主《ぬし》に目を返したいんだ」

覚悟を決めた目で、鷹丸は静かに茜を見た。

「五代目が書いた手記を読んだよ。茜の言うとおりだった。ぼくの一族がしてきたことはみんな間違いだった。だから、ぼくの手で間違いを正したいんだ。それに、目玉を返せば、もしかしたら本当に揚羽姫は怒りを解いてくれるかもしれない」

「そ、それならあたしが行きます。若君はここに残ってください」

「いや、ぼくが返さなくちゃだめだと思う」

疲れきった老人のように、鷹丸はため息をついた。

「ぼくが目玉を返して、それでも姫の怒りがおさまらなかったら……もう何をしても無駄だ。天鵺家は滅びるしかない。それもしかたないと思うんだ。こんなこと、あってはならなかったんだ」

「若君……」

「ぼくはずっと守られてきた。間違った方法で。ぼくを守るたびに、雛里は怪我をした。茜は儀式に利用されて、ひどい目にあった。こ、こるりも死んでしまった。みんなぼくの、天鵺家がしたことのせいだ。もういやなんだ。こんなことはもう終わりにしないと」

唇を嚙みしめる鷹丸の表情は悲痛なものだった。恐らく、自分が生きて森から戻れるとは思っていないのだ。茜ですら、それができるとは思えなかった。

それでも若君は森に行くのだ。その決心をくつがえすことは、誰にもできないことなのだ。

そこまで読みとり、茜はうなずいた。

「わかりました。もう止めません。そのかわり、あたしも一緒に行きますから」

「茜！　そ、それはまずいよ」

「止めても無駄ですからね」

茜はふてぶてしく笑って見せた。止められるものなら止めてみろと、目で挑みかかる。

鷹丸はすぐに降参した。それに覚悟を決めたとはいえ、やはり一人で黒羽ノ森に入るのは怖かったのだ。茜が一緒に来てくれると思うだけで、心が勇気づけられる。

「ありがとう」

茜の申し出をはねのけられない自分の弱さを恥じながら、小さく礼を言った。

「じゃ、さっそく行きますか？」

「うん。いつ静江が目を覚ますかわからないからね。急がないと。でも、このまま森に入るのはさすがにまずいよ」

厳重な結界をものともせず、幾度となく刺客の虫を屋敷に送り込んできた揚羽姫。黒羽ノ森は、その揚羽姫の領域なのだ。一歩踏みこんだだけで、虫が襲ってくるかもしれない。姫のもとにたどりつく前に命を落としてしまっては、元も子もない。

が、天鵺家の跡継ぎとして、数々のまじないや儀式に慣れ親しんできただけに、鷹丸はどうすればいいかすぐに思いついた。

「変装しよう。巣籠りの時みたいに、ぼくが女の子の恰好をすればいいんだ。そうすれば、ずいぶん敵の目をごまかせるはずだよ」

幸い、ここはぬいの部屋で、女物の着物も化粧道具もたっぷりある。さっそく立ち上がりながら、鷹丸は雛里のほうを振り返った。肝心のものを忘れるわけにはいかない。

「雛里。大鳥の間から揚羽姫の目を取ってくることはできるかい？」

雛里はうなずき、姿を消した。

鷹丸と茜は、ぬいの衣装箪笥をあさり、柔らかな絹の赤襦袢《じゅばん》を選び出した。当然、そのままでは鷹丸には大きすぎたので、長すぎる袖や裾は切ってしまうことにした。ぬいがこれを知ったら、悲鳴をあげるだろうが、この際、遠慮も何もあったものではない。

茜が容赦なく襦袢にはさみを入れている間に、鷹丸はさらに必要なものを探して回った。匂い袋がいくつかと、帯がわりに使えそうなきれいな絹紐が見つかった。かつらは見当たらなかったが、女物の頭巾があったので、それをかぶっていくことにした。

「できた！　ちょっと着てみてください」

鷹丸は短くなった襦袢をまとい、紐でしめてみた。奇妙な恰好ではあるが、とりあえず動きやすくはある。

「大丈夫そうだよ」

「ならよかった。……この匂い袋は？」

「匂い消し用だよ。本当なら着物にきつく香をたきしめるんだけど。その時間はないから」

「それなら全部持っていきましょう」

茜はきっぱり言って、全部の匂い袋を鷹丸の懐《ふところ》に押し込んだ。

最後の仕上げは化粧だった。最高級のおしろいを惜しげもなく鷹丸の顔や首、手足にまでぬりたくり、口にはべっとりと紅をさす。

できあがったのは、化け物じみた顔だった。まるで不細工な歌舞伎役者のようだ。だが、子供らはかまわなかった。天鵜家の跡継ぎに見えなければ、それでいいのだ。鷹丸の身支度はそれで終わった。

「茜も着替えたら？　その変な着物はやめといたほうがいいよ。汚れているし、その、け、けっこう臭うから」

「そ、そうですよね」

だが、羽根付きの着物はなんとしても脱ぐことができなかった。まるで肌にぴたりと張りついているかのようで、脱ごうとすると、ひどい痛みが走るのだ。

『鳥女になりかけているせいかもしれない。まだ……完全には術から抜けきっていないのかも』

茜はぞっとした。そう思うと、何がなんでも脱ぎたくなった。が、痛みはとても我慢できず、結局あきらめた。

「だめ、みたいです……」

「じゃあ、何か赤いものを上に羽織《はお》っていくといいよ。赤は魔を近づけない色だから」

茜はうなずき、衣装簞笥から紅色の長羽織を選び出して、上に羽織った。

この時、雛里が戻ってきた。

「雛里！　どうだった？」

雛里は少し息をはずませながら、手を差し出した。小さな手の中に、赤い梅干しのようなものが二つ、握られていた。

これがそうなのかと、子供達はのぞきこんだ。

見た目は本当に梅干しのようだった。茶色がかった朱色で、ところどころしぼんでいて、柔らかそうで。それでいて、ぼうっと赤く光っている。この世のものとも思われない、妖しい光だ。

長く見ていると魂が吸い取られてしまいそうで、子供達は慌てて顔を背けた。

鷹丸が差し出した小さな袋に、雛里は目玉を落とした。すぐに袋の口をしっかりと閉じ、鷹丸はそれを懐の中に入れた。それから雛里に向きなおった。

「ありがとう、雛里」

「ほんとにご苦労様でした。大丈夫でしたか？」

雛里はうなずいた。

これで準備は整った。子供達は硬い顔を見合わせた。

「行こう」

鷹丸、茜、そして雛里はひそやかに屋敷を抜け出した。

# 17

子供達が屋敷を出て森に向かったのと同時刻、鷹丸の部屋では静江が目覚めかけていた。目覚めるといっても、頭はぼうっとして、体もまったく動かない。かすむ目をしばたたかせるのがやっとだ。声を出すこともできなかった。

と、誰かが部屋に入ってくる気配がして、体を引き起こされた。

静江の目に、千鳥の顔が飛びこんできた。薄く笑っている。

いつもなら、たちまち警戒心がわきあがってきたことだろう。だが、今の静江は、どうして千鳥がここにいるのかと、不思議に思うことくらいしかできなかった。

ぐったりしている静江を抱えて椅子に座らせると、千鳥は静江の顔をのぞきこんだ。

「眠り薬は切れても、物狂いの薬のほうはまだのようね。自分で調合した薬のお味はいかが？　頭がぼうっとして、考えがまとまらないでしょう？」

「……………」

「儀式や行事の時は必ず、あんたはこの薬を私に飲ませたわねえ。私の頭を鈍らせ、鷹丸に手出しできない状態にするために。いつかお返ししようと思っていたのよ。眠り薬は医者から手に入れたわ。物狂いのほうは、女中にお金をつかませて、あんたの部屋から少し持ち出させた。どう？　物狂いになるのは気持ちが悪いでしょう？」

「……」

「ああ、心配しないで。痺《しび》れもじきにとれるわ。あの子に渡した薬は、ごくわずかだったから。さ、痺れが取れる前にこれを飲んで。そう。いい子ね」

朦朧《もうろう》としている静江は、素直に口の中に入れられたものを飲みこんだ。

それからしばらくすると、意識がはっきりとしてきた。だが、その時には静江の体は椅子にがっちりと縛りつけられていた。もがいても、びくともしない。

静江は千鳥をねめつけた。

「こんなことをして……ただですむと思うのですか？」

「思わない。兄様や父様に知られたら、私は今度こそ籠部屋に閉じこめられる。一生外に出してはもらえないでしょうね。でも、そんなことはもうどうでもいいのよ」

晴れやかに笑うなり、千鳥は静江に顔をよせた。そして、ささやかな秘密を打ち明けるように、ささやいたのだ。

「鷹丸は黒羽ノ森に向かったわ」

いかなるののしりよりも、その一言が静江に与えた衝撃は大きかった。驚愕で、蝦蟇《がま》のように目が飛び出した。がらがらと、世界が崩れていくような轟音《ごうおん》が頭の中に鳴り響く。脂汗が一気にふきだしてくる。

「な、な、な……！」

舌がもつれて、言葉にならなかった。

「茜さんも一緒よ。鷹丸が逃がしてやったの。かわいそうだからって」

「ど、どうして森、になんか……」

「黒羽ノ森の主《ぬし》に目玉を返すそうよ。主に目玉を返せば、恨みが消えるんじゃないかって。茜さんとそう話し合っていたのを隣の部屋で盗み聞きしたから、確かよ。天鵺家の跡継ぎにしては、なかなか骨がある子だわね、あの子」

すさまじい憤怒が静江の全身を貫いた。くわっと目を剝きながら怒鳴った。

「い、行かせたん、ですか！　わ、若君を森に！　黙って、み、見ていたんですか！」

「それがあの子の意志だもの。止める必要はないでしょう」

絶望に静江は頭をかきむしりたくなった。

夜の黒羽ノ森。夏の黒羽ノ森。ああ、あそこにどれほどの危険が潜んでいるか、若君はご存じないのだ。

「解いて！　このいましめを今すぐ解いてください！」

「いやよ」

「誰か来て！　誰か！」

「叫んでも無駄よ。女中達は来ない。少し前に台所に行って、使用人達用の晩のおかずの鍋に眠り薬を落としこんできたから。みんな今頃眠っているわ」

静江は黙りこんだ。千鳥の言葉に嘘はないと感じたからだ。無駄だとわかった以上、大声を出して力を消耗してはならない。そんな場合ではないのだ。

しゃにむにもがいて、なんとかして縄目をゆるめようとした。だが、その時、みぞおちのあたりに鈍痛が走った。痛みはすぐに消えたが、熱い感触はいつまでも残った。

はっと顔をあげ、千鳥を睨んだ。

「さっき、何を飲ませたのです？」

「毒よ。ゆっくりと効いてくる、必殺の毒。毒消しはないわ。この世のどこにもね」

千鳥は楽しげに言った。

「ぬい義姉様に頼んで、帝都で買ってきていただいたのよ。鷹丸に飲ませると話したら、すぐに買ってきてくれたわ。ふふふ。あの人も本当にわかりやすい人よねえ」

ぬい。その名前を、静江は心に刻み込んだ。

あの女も、水面下で若君の命を狙っていたというわけか。自分がこの世を去る前に、必ずあの女の始末もつけてやろう。

静江が決意をかためている間にも、千鳥はしゃべり続けていた。

「おや、なんという顔をしているの？　ああ、毒のこと？　大丈夫よ。まだまだあんたの時間はたっぷりある。といっても、朝まではもたないでしょうけど」

おしゃべりでもしましょうよと、千鳥はもう一つ椅子を運んできて、静江の前に置いた。そこに優雅に腰かける。だが、その目に宿るのは、すさまじいばかりの怨みの念だった。

「……こるりが死んで、私は離縁された。父様達は私をこの家に呼び戻したわ。でも、それは私のためではなかった。儀式の時に、鷹丸の呪いを引き受ける身代わりがほしかっただけ。そうでしょう？」

「それがあなたのお役目でした。天鵜家の息女として生まれた以上、いざという時に跡継ぎの盾になるのは、当たり前の義務ではありませんか」

冷ややかな怒りをこめて、静江は言い返した。めらめらと、千鳥の目が燃えだした。

「ええ、そうね。あんたは子供の頃からそうだった。骨の髄まで天鵜家の考え方に染まっていたわ。それもこれも全て、椋彦兄様に喜ばれたいがため。あんたは子供の頃から兄様しか見ていなかったものね」

「邪推もいいところですね」

「ごまかさないで。知っているのよ。あんたが兄様の子供を産んだこと」

とたん、静江の顔からあらゆる表情が消え失せた。だが、千鳥はかまわず、毒々しい声で言葉を紡いでいく。

「奈河山《なかやま》家に嫁いだあとも、この家のことはなじみの女中がちょくちょく手紙で教えてくれていたのよ。あんたが暇をもらったのは、兄様の最初の奥方が子供を産んだのと、ちょうど同じ時期だったわね。病気だって、女中は知らせてくれたけど、私はすぐにぴんときたわ。妻とお手付きを同時に孕《はら》ませるなんて、兄様も罪なことをなさると思ったわよ」

だが、椋彦の妻は産後の肥立ちが悪く、出産から十日ほどで亡くなった。悪いことは続くもので、間をおかず、生まれた男の子も瀕死の状態に陥った。

「その子は本当は死んでしまったのよね。でも、天鵺家としては、どんなことがあっても跡継ぎを欠かすことはできない。だから、あんたの子供を引き取ることにした。まがりなりにも兄様の血をわけた子供。天鵺家直系の男の子だもの。なんの問題もありはしなかった」

「……」

「だけど、母親が卑しい巫女《みこ》くずれでは、天鵺家の体面というものが傷つくわ。そこで父様達は一計を案じた。本妻の子が死んだことは隠し、引き取った子供には死んだ子の名前を与えた。そうして、あんたの子を跡継ぎの座に据えたのよ。あたかも跡継ぎが一命を取り留めたかのように、よそおってね。そうなのでしょう?」

「……」

「天鵺家ならではのすり替えだわ。でも、私にはとても理解できない。自分の実の息子に、十三年間も使用人として仕え続けるなんてね」

静江は長い間黙っていた。だが、やがて短く問うた。

「鷹丸様にそのことを?」

「教えてないわ。いくらなんでもかわいそうだもの。茜さんを鳥女《とりめ》にしようとした邪悪な呪術師が、実の母親だなんて。あの子が知ったら、さぞ嘆くでしょうね」

静江の顔が苦しげに歪んだ。だが、そこにはいくらか安堵もこもっていた。若君にこの秘密は知られていないのだ。そう思うと、体から力が抜ける思いがした。

静江の心を読んだのか、千鳥は蔑《さげす》むように言った。

「その様子だと、一生打ち明けるつもりはないようね。親子の絆《きずな》より、息子が天鵺家を継ぐほうが大事だというわけ? みっともない。さもしいかぎりだこと」

「あなたに何がわかるというのです？」

触れたら火傷《やけど》せんばかりの怒気をこめて、静江は言った。

静江の母は天鵺家専属の呪術師だった。静江は天鵺屋敷で生まれ、椋彦や千鳥をはじめとした天鵺家の子供達と一緒に育った。そして、物心ついた頃には、椋彦だけを見るようになっていた。椋彦様だけが価値のある必要な方なのですと、母に徹底的に教えこまれたせいかもしれない。そのまっすぐな忠義心は、十代の頃には恋に変わっていた。

身分違いなのは、はなからわかっていた。自分は愛《いと》しい人の妻には決してなれない。だから、椋彦との間に子供ができたとわかった時、椋彦のぶんまで子供を愛そうと思った。

だが、生まれてきた子供には、より大きな幸運が待っていた。息子が天鵺家の跡継ぎになると聞いて、静江は狂喜した。一生息子と呼べなくともかまわない。この子が富に囲まれ、幸せでいられれば、その成長をそばで見守ることができれば、それでいい。

だが、息子は病弱で、始終呪われたものに狙われた。何度命を落としかけたかしれない。

そのたびに静江は全力で我が子を守った。

この子が成人して天鵺家の全てを受け継ぐまで、守らなくてはならない。なんとしても守りきってみせる。

そう誓い、子供を守ってきた静江の心など、千鳥にわかるはずがない。そして千鳥もきっぱりと言いきった。

「わからないわ。わかるわけがない。私にわかるのは、自分のことだけ。自分の怒りと憎しみだけよ」

それから千鳥は歌うようにつぶやきだした。

「鵺の殿様、奥方よ。今日は何を食わっしゃる？ ……鵺。とらつぐみの別名。でももう一つ、まったく違う意味も持つ。鵺。頭は猿、手足は虎、尻尾は蛇という、恐ろしい化け物。天鵺という名は、まさしく我が一族にふさわしいわ。なにしろ、身内さえも食い殺す化け物なのだもの」

だが、どんな化け物にも弱点はある。天鵺家に生まれた千鳥は、自分の一族の弱点を心得ていた。

ふいに、がしっと静江のあごをつかみ、千鳥はねっとりと語りかけた。

「ねえ、一緒に見届けましょうよ。古くからの言い伝えが本当かどうかを。最後の直系の男子が黒羽ノ森の主に殺される時、天鵺家は滅びる。偽りの栄華、妖魔との汚らわしい契約でなりたっていた全てが、打ち砕かれる。そう言い伝えられてきたわよね？ 私はそれを見たいのよ。あんたと一緒に、天鵺家の終焉《しゅうえん》を見届けたいの」

「……それが目的だったのですか。若君の命ではなく、天鵺家を滅ぼすことが。それで執《しっ》拗に若君を狙い、あげくのはてに黒羽ノ森に行くよう、仕向けたというわけですか」

「ええ、そうよ。天鵺家の滅びが私の望みなの」

臆することなく千鳥は言い放った。

静江は抑揚のない声でつぶやいた。

「もっと早くに殺しておくべきでした。情けなどかけるべきではなかった」

「ええ。私もそう思うわ」

女達は憎しみの目を交わしあった。

つと、千鳥が無邪気な笑みを浮かべた。

「もう森に入っているわね、あの子達。さてさて、今頃どんな目にあっていることかしら」

静江の体がこわばった。

次の瞬間、静江はがくがくと震えだした。目は白くひっくり返り、口からは鮮血まじりのよだれがしたたりだす。

急激な変化に、千鳥は慌てた。

「ちょっと！　まだ死んではだめよ！」

天鵺家の滅びを見せつけるまでは、この女は死なせない。死なせるわけにはいかない。

だが、静江の呼吸は乱れ、途切れがちになっている。このままでは本当に死んでしまうかもしれない。

少しでも体を楽にさせようと、千鳥は静江の縄を解いた。

ぱらりと、縄が床に落ちるのと同時に、半分気を失っていたはずの静江がむくっと体を起こした。そのまま怪鳥のごとく千鳥に飛びかかった。大きく開いた両手が、千鳥のほっそりとした首をつかむ。

二人の女はごろごろと床を転がり、無言のまま激しくもみあった。自由になろうと、千鳥は静江の顔を爪でかきむしった。それでも静江は手を離さず、ぎゅうぎゅうと千鳥の喉を絞めつけていく。

もみあったのはごく短い間だった。

やがて、荒い息をつきながら静江が立ち上がった。千鳥のほうは倒れたままだった。その首はあらぬほうに曲がり、息をしていなかった。

「馬鹿な、女……」

静江は苦々しげに吐き捨てた。とたん、下腹にまたしても痛みが走った。今度は先ほどよりも強く、痛んだ時間も長かった。鼻の奥から金臭い匂いがこみあげる。

「つうっ！」

歯を食いしばってこらえた。自分の中でゆっくりと毒が燃えているのがわかる。今は腹のあたりだけですんでいるが、そのうち全ての臓腑《ぞうふ》を焼いていき、やがては心臓に届くだろう。

だが、まだ余裕はある。若君を森から連れ戻す時間は残されているはずだ。一刻も早く連れ戻さなければ。

静江は走りだした。

# 18

森の前に立った茜は、足元から冷たいおびえが駆けあがるのを感じた。

黒羽ノ森。妖魔の森。そして揚羽姫の森。

夜の森は、べったりとした紫色の妖気を吐き出しているようだった。その妖気は空気に溶け込み、いっそう闇を濃くしている。闇は無数の気配に満ちていた。たくさんのものがこちらを見ている。

それに、木立の奥でちかちかまたたいているのは、本当に蛍《ほたる》だろうか？　もしかして鬼火ではないだろうか？

そう思うと、茜は足がなえそうになった。

鷹丸のほうはもっとひどく、さっきからずっと小刻みに震えている。どうしても震えがおさまらないようだ。だが、いつまでもここに立っているわけにはいかない。子供達はお互いの手を握り合った。

「行こう」

かき消えんばかりの声で言ったのは、どちらだっただろうか。

雛里に手伝ってもらって石垣を乗り越え、二人はついに森の領域に足を踏みこんだ。

とたん、もったりとした生温かい空気が体を包みこんできた。森や山は、真夏でも夜になれば冷えるものだというのに。おまけに異臭がした。邪悪なものが空気に溶けこんでいるのだ。息をするたびに、その何かが気道にべとべとと手垢をつけていく。

これが妖気なんだと、茜も鷹丸も思った。

まるで誰かの口の中に放りこまれたかのように、気持ちが悪い。たちまち息苦しくなり、全身が汗ばんできた。鷹丸のおしろいも、このままだと溶けて流れていってしまいそうだ。

「急ごう」

鷹丸達は歩を速めた。先頭を歩くのは雛里だった。油断なく周囲に目をくばりながら、後ろの二人を先導していく。その目は金色に光っていた。鷲や鷹を思わせる猛禽《もうきん》の目だ。鳥女《とりめ》としての力を発揮する時、雛里はこの目となる。

雛里の変化に気づき、鷹丸はすくみそうになった。危険が迫っているというあかしだ。思わず周囲を見回したが、見えるのはうっそうとした木々と、そこら中にいる虫の姿だけであった。

むかで、甲虫、かげろう、蛾、羽虫、そして蜘蛛《くも》。

いずれも普通に見るものよりも大きく、形や模様も見慣れないものばかりだ。また、その鮮やかな色合いは、猛毒のきのこを思わせた。実際、毒を持つものがほとんどだろう。

しかし、三人の行く手を阻《はば》んだりする虫はいなかった。彼らはただ遠巻きに、侵入者達を見つめていた。

『なんで、こんなにはっきり見えるんだろう?』

鷹丸も茜も、いぶかしんだ。あたりは漆黒《しっこく》の闇に沈んでいるはずなのに。虫達の姿は不思議と闇の中でも浮き上がっている。体の中にためこんだ森の妖気が、内側から光を発しているかのようだ。

それは虫だけでなく、木々にも言えた。木肌や葉の形まで、どれもはっきりと目に映る。おかげで、足元が危うくなることはなかった。

ふいに、三人の前に蝶が現れた。紫紺《しこん》色の、あの蝶だ。羽ばたきするたびに、大きな赤い目玉模様がまばたきしているように見える。

蝶は二度ほど子供らの頭上を旋回すると、ふわっと森の奥へと飛んでいった。だが、見えなくなるほど遠ざからず、なにやら誘うように揺れ動いている。

鷹丸達はごく自然に蝶のあとを追い始めた。奥へ奥へと、蝶は飛んでいく。進むにつれて、虫達の姿が少なくなってきた。かわりに増えてきたのは蝶だった。木立やしげみのあちこちから、次々と黒っぽい羽を広げて飛び立ってくる。そうしてひらひらと飛びながら、三人の周囲を囲んできた。

もう疑いようがなかった。黒羽ノ森は目覚めていた。もしかしたら、最初から目覚めていたのかもしれない。そして、まんまと獲物を手中におさめたのだ。

もう逃げようとしても逃げられない。少しでも足を止めたり、戻ろうとしたりすれば、すぐさま数百を超える蝶達が襲いかかってくる。そういう物騒な気配がした。

だから進み続けた。茜も鷹丸もいっさい口をきかなかった。一言でも何か言ったら、ぎりぎりのところで保たれている正気が、砂のように崩れてしまう。そうわかっていたからだ。

やがて三人は、少しひらけた場所にやってきた。そこに大きな岩があった。開いた手のような、変わった形をしている。手記に出てきた契約の大岩だと、子供達は気づいた。

と、蝶達の囲いが崩れた。紫紺の蝶達は三人から離れると、一つの生き物のようになって、大岩のほうへと飛んでいった。その手のひらの中にまるで吸い込まれるように集まっていく。

しゅるしゅると、紫色の群れは縮んでいき、渦を巻き、いつのまにか一つの首となって、岩の上に降り立った。

長い黒髪を広げた、若い女の首であった。白く整った、大変美しい顔立ちをしていた。唇はふっくらと赤く、鼻筋はすっと通っている。だが、本来両目があるべきところには、黒々とした闇が広がっていた。

揚羽姫！

うっと、うめき声をあげて、鷹丸がへたりこんだ。茜もだ。雛里だけは変わらずに立っていたが、その顔色は紙よりも白くなっていた。

そんな子供らを呑み込むように、姫の首は真っ黒な二つの穴を向けてきた。朱色の唇がぬたりと笑みを作った。

「よう来たなあ、天鵺の子供らよ」

老人のようなしわがれ声であった。うら若い女の口から出てくるとも思えない、不気味に嗄《しゃが》れた声だ。しかも、首は「天鵺の子供ら」と呼びかけてきたのだ。自分達の正体がばれていると、子供達は震えあがった。

さらに首がくぐもった笑いをあげた。

「ふふふ。勇気があると言っても、やはり子供よ。震えておるわ」

その言葉が終わらないうちに、今度は別の、もっと若くて物憂げな声が同じ口から流れてきた。

「無理もないことだ、二代目。まだほんの子供だ。むしろ、ここまでよく来られたものだ」

「けっ。くだらねえ！　どうしてこんながきどもに会わなきゃならねえんだよ？　時間の無駄ってもんだろうが！」

最後の声は、若々しく荒っぽかった。

次から次へと、揚羽姫の首は声を変え、口調を変えてしゃべる。まるで何人もの人間が、首の中に宿っているかのようだ。

「あ、揚羽姫、ですよ、ね？」

恐ろしいのを我慢して、思いきって茜が尋ねた。首はかかかと笑うや、ぺらぺらと老人のごとき声でしゃべりだした。

「確かに、この首は揚羽という女のものじゃ。だが、揚羽はまだおぬしらには気づいておらぬ。天鵺家に憎悪を向けるのに夢中になっておるからのう」

「さよう。目がないだけに、この女は身近なことに疎《うと》い。そのかわり、吐き出す念は強烈なものだがな」

「だから森もこの女を手放さねえ。俺としては早く新しい主《ぬし》に来てもらいてえよ。女の首に宿るってのは、どうも居心地が悪くていけねえや」

口から多種多様の声をあふれさせる首。子供達は恐怖と、それと同じほどの疑問を覚えた。

いったい、何がどうなっている？

笑っていた首がふと真顔となった。今度は蓮《はす》っ葉《ぱ》な感じの女の声で言った。

「あたい達はねえ、この黒羽ノ森の歴代の主だよ。森に選ばれ、森に殺され、森に仕えてきたしもべなのさ」

「そういうこった」

先ほどの荒っぽい若い男の声があとを引き継いだ。

「この森は魔物なのさ。自分の意思、独自の力を持っている。もともとはただのちっぽけな林にすぎなかったみてえだけど。……変わるきっかけになったのは、初代だろう？」

「ああ」

今度の声は、陰気な中年の男の声だった。

「私はここの林で殺された。いや、誰にやられたかなど、もう覚えてはおらぬ。だが、その時は悔しくて悔しくて、成仏なんぞできなかった。その憎しみや恨みが土地や木々に流れ込んで、林そのものを変えてしまったのであろう。憎しみや恨みを食って力とする、一匹の魔物にな」

殺された男は、林と一つになった。男の憎しみを吸い上げ、小さかった林はみるみる大きくなっていったという。やがてはこんもりとした森となった。黒羽ノ森の誕生だ。

「最初は私が森を操っていたのだが、そのうち森が私を操るようになった。だが、私はかまわなかった。憎い仇《かたき》やその身内に復讐できれば、それでよかったのだ。だが、そのうち仇の連中はみんな死んで、私は誰を憎んだらいいかわからなくなった」

すると、森は一人の男を誘いこみ、誰かに殺させて、その魂を手に入れた。

「それが二代目。つまり、わしというわけじゃ」

恐るべきからくりだった。

主の憎しみが弱まりだすと、森は新たな主となるべき人間を見出し、自分のもとへおびきよせる。そして周囲の人間をたくみに操り、お目当ての人間が絶望と憤怒の中で死ぬように仕向ける。そうして恨みに染まった魂を手に入れ、新たな主として据えるのだ。

新たな主が誕生すると、それまでの主は新たな主に吸収されるのだと、主達は話した。

「だから、わしらはこの女の中にいるのよ。わしらはすでに干からびとるが、新たな主が暴走しすぎぬよう、それとなく見張り、抑えることくらいはできる。主が仇連中を殺しつくさぬように、森からきつう命じられとるでの」

二代目の言葉に、鷹丸は黙っていられず、声をはりあげた。

「そ、それ、どういうことですか？　森が、命じてるって……仇を殺しつくさないようにしているって……」

「あらやだ。まだわからないのかい？」

女の声が馬鹿にしたように笑った。

「この森にとって、主は憎しみという養分をくれる相手なんだよ。だけど、その主が憎しみを吐き出さなくなったら、どうなる？　森はどんどんしなびていくばかりになる。だから、新しい主候補を見つけるまで、森はできるだけ主を長持ちさせようとするんだ。適度に仇どもを殺させ、でも殺しつくすことがないように気を配ってるってわけ」

この森は頭がいいのさと、女は少しばかり悔しげに吐き捨てた。自分もそうやって利用されてきたことが、腹立たしいのだろう。

「わしらがおまえ達を出迎えた理由も、これでわかったじゃろう？　今更この女に目を返されても困るのじゃ。ああ、そうじゃ。おまえ達の狙いなど、とうにお見通しじゃよ、わしらは」

「この女にかぎってそれはなかろうが、万が一、憎しみが弱まってしまっては困る。それに天鴉家の跡継ぎよ、おまえがここにいることにこの女が気づいたら、それこそ一大事だ」

憂《うれ》いをおびた声が言った。

「この女は必ずおまえを殺そうとする。それこそ我を忘れて、猛《たけ》り狂ってな。そうなったら、我らでも到底抑えきれぬ」

「今ここでおまえに死なれちゃ、俺達としても困るんだよ。新しい主候補を、森はまだ探し始めてはいねえ。なにしろ、この女をいたく気に入っているからな。無理もねえ。こんなに際限なく憎しみを吐き出すやつは、今までにいなかったもの」

「わかるかい、ぼうや？　当分森はこの女を手放さない。手放さずにすむように、森はあんたをそれとなく守り続けるだろう。つまり、あんたは安全ってことさ。まあ、これからも何度か危ない目にはあうだろうけど。十分に気をつけていれば、まずまず長く生きられるだろうね。だから、もう帰っておくれ。この女があんたに気づく前にさ」

「四代目の言うとおりだ。自分の命が安全だとわかったのだから、それでいいだろう？」

主達は口々に帰れと言う。だが、鷹丸も茜もその場を動かなかった。茜がかすれた声で尋ねた。

「あなた達はどうして……どうして森の言いなりになっているんですか？」

「簡単なこった」

若い男が答えた。

「俺達も、この森の一部になってるからさ。もう離れようったって離れられねえ。だったら、森と一緒に生きるほうがいいじゃねえか。他のろくでもねえ連中がのうのうと生きてるってのに、俺達だけくたばるのはごめんだ。だいたい、くたばるのは一度でたくさんだ」

男の声には、生きている者達に対する、抑えきれないねたみがにじんでいた。

他の者を不幸にしてやりたい。

憎しみを森に吸い取られた今は、その一念が彼らを支えているのだろう。

茜は音が鳴るほど奥歯を嚙みしめた。鷹丸も、真っ白になるほどこぶしをかたく握りしめ、唸《うな》るように言った。

「あなた達は……この世から消えるべきだ。この森も、こんな形で存在してちゃいけない。滅ぼしてやる！」

主達はいっせいに笑った。一つに重なった六つの笑い声が、わんわんと森にこだまする。

「若いのう。若いゆえに愚かじゃのう」

「まったく。何考えてんだか。馬鹿だな、こいつは」

「もし森を育《はぐく》む主が消え、森から妖気が消えたら、真っ先に困るのはおまえの一族なのじゃぞ。おまえ達に富をもたらしている絹虫は、もともとこの森に属するもの。森からの妖気が断たれれば、たちまち死んでしまう」

「そうなったら、あんたんちはごっそり財産を失う。それだけじゃない。天鵺家ってのは相当な大所帯なんだろう？　大黒柱の天鵺が倒れたら、工場や村で働く人間がいっせいに飢えることになるんだよ？」

「そうそう。そうなってもいいって言うのかよ？」

鷹丸はひるんだ。

彼らの言葉には一理あった。天鵺家はたくさんの事業の元締めだ。その天鵺家が力を失ったら、大勢の人間が路頭に迷うことになるかもしれない。いや、きっとそうなるだろう。なんの罪もない人達を苦しめる権利が、いったい自分にあるのだろうか？

心がゆらいだ。

と、いきなり茜が鷹丸の腕をつかんできた。爪が食い込むほど乱暴なつかみ方だった。痛いとそちらを振り向くと、目を三角にした茜の顔が飛び込んできた。

茜は怒鳴った。

「しっかりしてください！　だまされちゃだめです！」

「だ、だけど……」

「工場や村の人達のことは、あとで考えればいい。きっと、いくらだって助かる道があります。でも、今のあたし達にはたった一つの道しかないんです！」

「……」

「こるり様のことを忘れたんですか？　雛里様のことは？　雛里様みたいな子供をもう一人作るつもりですか？」

その言葉に、鷹丸は目が覚める思いがした。

そうだ。このままにはしておけない。放っておけば、揚羽姫の憎しみは増していくばかりだ。天鵺家の不幸は続き、そして黒羽ノ森の勢力はどんどん広がってしまう。

いや、それだけではない。天鵺家が滅びても、森はすぐにまた別の獲物に目をつける。第二、第三の天鵺家が生み出されてしまうのだ。絶対そんなことはさせられない。呪いはやはり断ち切らなければならないのだ。

目に決意を宿らせ、鷹丸はまっすぐ首を見つめた。

「揚羽姫。そこにいるんですか？」

「馬鹿！　やめろい！」

「ぼくは鷹丸。天鵺鷹丸といいます。あ、あなたの目を返しに来ました」

一瞬、首の表情が凍りついた。と、その白い肌の下で、何か黒いものがぼこぼことうごめきだしたのだ。

同時に、主達の悲鳴や怒号があふれだした。

「逃げろ、小僧！　女がこちらに気づいた！　逃げろ！」

「揚羽ったら。そ、そんな怒らないでよ！　これは全部森が……きゃあああっ！」

「よ、よせっ！　ぐええっ！」

首の中ではひどい混乱が起きているようだった。が、ふいにぴたりと首は口を閉じた。

黒ずんでいた肌が、元通り白くなっていく。

子供達が息をのんでいると、突如、首はぐわっと裂けんばかりに口を開いた。

# 19

「たぁ……かぁ……まぁ……るぅぅぅっ！」

首の口から、獣じみた唸《うな》り声がしぼりだされた。だが、それは確かに女の声だった。揚羽姫だ。鷹丸の呼びかけに応じて、とうとう出てきたのだ。だが、そのことに喜ぶ暇はなかった。

「死ねぇぇぇぇっ！」

姫は、大砲の弾のような勢いで鷹丸に向かってきた。大きく開いた口に、黒い牙がはえているのが見えた。

だが、鷹丸の喉笛に届く直前、雛里が姫の首を蹴り飛ばした。

「邪魔するなぁっ！」

姫と雛里は激しく戦いだした。姫は牙だけでなく、髪も武器とした。長い黒髪は自在に動き、かまいたちのように鋭かった。

対する雛里の武器は、両手からのびたかぎ爪であった。それを使って、次々と襲いくる髪の房をなぎはらい、あるいは引き千切った。

今や雛里の目は爛々《らんらん》と輝いていた。荒々しい戦いぶりは、さながら闘鶏のようだ。

だが、最初こそ互角であったものの、雛里は徐々に押されてきた。着物の羽根がむしられ、手足に少しずつ傷がついていく。

茜と鷹丸がやきもきしながら見ていると、雛里がちらりと視線を送ってきた。一瞬のまなざし。だが、その意味は明らかだった。

「そうだ！　目玉！　若君！　は、早く！」

「う、うん！」

鷹丸は懐《ふところ》から目玉を入れた袋を取り出した。妖気が体をなめあげているのがわかる。その合間をぬって、激しい鋭い風が叩きつけてくる。鷹丸は何度も袋を取り落とした。焦れば焦るほど、きつくしばった袋の紐はこんがらがっていくようだ。

それでもなんとか紐をほどき、中の目玉をつかみとった。怒りと戦いに夢中になっている揚羽姫には、もはや自分達の声も届くまい。だから隙を見て、直接この目玉を眼窩《がんか》にはめこんでやる。

そして、雛里も同じことを考えていた。

鷹丸が目玉を取り出したのを見るや、雛里はそれまで動き回っていた足をわざともつれさせた。姫はすぐさま誘いに乗ってきた。全ての髪を使って雛里の手足を縛りあげ、身動きのとれなくなった獲物の喉に、黒い毒牙を打ち込んだのだ。

「いやあああっ！」

茜が悲鳴をあげた。鷹丸もだ。だが、そんな子供らに、雛里は必死のまなざしを送った。今この時を無駄にしてはならないと。姫の注意もうごめく髪も、今は雛里に向けられている。近づくのにこれ以上の好機はない。

鷹丸は泣きじゃくりながら地を蹴った。姫の後ろへと回り、その頭越しに腕をのばした。そうして姫の顔に二つの目玉を押しあてたのだ。

すぽんと、目玉が穴に落ちるのを感じた。

「おおおおおっ！」

なんとも言えない雄叫《おたけ》びをあげ、揚羽姫の首が雛里から離れた。

「雛里様！」

「雛里！」

子供達は雛里に駆け寄った。が、雛里は動かなかった。その鳥の目は光を失い、灰色にかげっていた。浅く息はしているのだが、体は氷のように冷たかった。死んではいないが、生きているようにも見えない。まるで生き人形にでもなってしまったかのようだ。

いったい雛里に何をしたんだと、子供達は揚羽姫を睨みつけた。

揚羽姫は、子供らから少し離れたところの、あの契約の大岩の上に戻っていた。ぽっかりとうがたれた眼窩の中で、赤いしおれた目玉がぐらぐらと揺れている。

と、そのしぼんでいた目玉がすうっと膨らみ、みるみる空洞を埋め始めた。同時に艶が増し、光が宿る。

ついに、姫は両目を取り戻した。だが、それは人間のものとは言えなかった。目は赤く、瞳孔は金色だったのだ。それでも、目のあたりをおおっていた闇が消えたぶんだけ、姫は人間らしさを取り戻したように見えた。

最初はまぶしげに目を細め、続いて試すようにくるくると動かし、最後に姫は鷹丸を見た。冷え冷えとしたまなざしだった。

「なぜじゃ？」

とげとげしい声で、姫が問うてきた。

天鵺家の跡継ぎが、なぜ我が目を返したのか？　これは何かの策略なのか？

鷹丸はあえいだ。問うのと同時に、姫は視線で鷹丸を責めさいなんできたのだ。息と一緒に、命が体から吐き出されてしまいそうだった。

『ひ、雛里！』

心の中で助けを求めたが、雛里は目覚めない。もう守ってくれる守護者はいない。鷹丸は素っ裸の状態で、長年一族に祟《たた》ってきた怨霊《おんりよう》の前に立っていた。

「しっかり！」

突然、か細い声が鷹丸を打った。次いで、手がこちらの腕をつかんできた。手は震えていたが、温かかった。現《うつつ》の感触だ。

鷹丸は一気に我に返った。揚羽姫から視線をもぎはなし、顔を横に向けた。

青ざめた茜がそこにいた。死にそうなほどおびえているが、その目にはまだ光が宿っていた。鷹丸を励ます光だ。

鷹丸はふたたびふるいたち、なんとかか細い声をしぼりだした。

「か、返したかった、んです。それは、あ、あ、あなたのもの、だから」

揚羽姫を取り巻く闇が濃くなった。信用していないのだ。このままでは命を取られてしまう。息を吸い込み、鷹丸はさらに言葉を続けた。

「本当です。ぼ、ぼ、く、あなたに何が起こった、のか、知って……どうしても目、を返さないとって、そ、そう思ったんです。目を返して、は、話しあい、たかったから」

「信じられぬ」

一刀両断に、姫は言い切った。それこそ刃《やいば》のように鋭い口調だった。

「わらわをこのようなものにしたのは兄上じゃ。我が両目を奪ったのは兄上じゃ。おまえはその兄の血を受け継ぐ者。誰が信じるものか！　おまえ、兄上に命じられて来たのじゃな！　兄上は今度は何を狙っておるのじゃ！　言え！」

一瞬、鷹丸は返答につまった。兄上に命じられて来ただって？

ようやく気づいた。怨霊となった姫には、時は無意味なものになってしまっているのだ。だから初代はまだ生きていると思っているし、その子孫である鷹丸がこうしてここにいることも、別段不思議だとも思っていない。

なんて哀れなんだと、鷹丸の胸は張り裂けそうになった。

「お、怒る、の、当たり前、だと思います」

必死で鷹丸は言い募った。

「誰が聞いたって、初代の、し、したことはひどい。最低だ。……こ、今回のことは、初代は何も知らない。なんにも、か、関係ない、んです。ぼくはただ……た、ただ……あなたの、く、苦しみが少しでも、和らげばいいなと思った、から……」

「……」

揚羽姫は黙り込み、鷹丸を見つめてきた。鷹丸の腹の底まで探り出そうとするかのような、執拗《しつよう》なまなざしをくりだしてくる。

鷹丸は今度は目をそらさず、じっと見返した。

信じてください。ぼくはあなたの敵じゃない。あなたから何か奪おうなんて、考えてもいない。

凍えた空気の中、二人は目と目で攻防を繰り返した。

そしてそんな二人を、茜ははらはらしながら見守っていた。雛里はいまだに目覚めない。今、揚羽姫が鷹丸に襲いかかりでもしたら、食い止めようがない。

ああ、どうか若君の心が姫に届きますように。姫が少しでも怒りというものを忘れてくれますように。

身をふりしぼるほど祈り続けた。

どれほど時が経っただろうか。ふいに揚羽姫が空を見上げた。生い茂った木々の枝ぶりの向こうに、星のきらめく夜空が垣間見える。それに見入りながら、姫はささやくように言った。

「自分の目でものを見るのはひさしぶりじゃ。この世のものは……これほどに美しかったのじゃな」

何かが姫の中に生まれかけている。恨み憎しみ以外のものが。それが鷹丸にも茜にも伝わってきた。

今ならまともに話し合いができるかもしれない。呪いを解いてもらえるよう、話を持っていけるかもしれない。

鷹丸が口を開こうとした時だった。後ろの茂みの間より、がさりと何かが現れた。

「……っ！」

鷹丸と茜は声にならない悲鳴をあげた。

それは静江だった。体中に虫がむらがり、柔らかな肌に食いついている。虫の毒によってあちこちが赤く膨れ、指先はどす黒く変じている。

本当ならとっくに倒れているはずであった。だが、静江はよろめきながらもこちらに近づいてきた。その目が、探し求めていた鷹丸と、鷹丸のすぐそばにある女の首をとらえた。

黒羽ノ森の主《ぬし》！

かっと静江は目を見開いた。毒にむしばまれ、全身を虫に嚙まれている静江には、森の主が今まさに若君を襲おうとしているように映ったのだ。若君を守らなければという信念が、壊れかけている体に最後の力をそそぎこんだ。

「逃げてください！」

叫ぶなり、静江は腕をふるった。その手から白いものが飛んだ。破魔の呪文を書いた札だ。

札は矢のように揚羽姫のもとに飛び、姫の顔に張りついた。とたん、青い炎が噴き上がった。

「ぎゃあああああっ！」

顔を焼かれる激痛に、揚羽姫は獣じみた咆哮《ほうこう》をあげた。腐った肉が焼けるような悪臭が立ちこめる。

あっけにとられていた鷹丸も、その臭いに我に返った。

「静江！　や、やめて！　だめだ！」

鷹丸は静江にむしゃぶりついた。だが、静江は強い力で鷹丸を茂みのほうへと押しやった。

「今のうちに、に、逃げて！」

そうして、もう一枚呪札を取り出そうとした時だ。黒い火の玉が静江にぶつかってきた。

この世ならぬ炎は、みるみる静江を包んでいった。炎に触れた個所は、肌であれ着物であれ、黒くひびわれ、炭化していく。

茜は羽織っていた着物を脱いで、火を打ち消そうとした。が、だめだった。火の勢いは弱まらない。

「……」

何か叫ぼうとしたのか、静江が口を開けかけた。その瞬間、火は静江の顔までなめつくした。

人の形をした、黒い消し炭がそこにできあがった。鷹丸は震える手で静江のなきがらに触れようとした。だが、触れたとたん、ぼろりと静江は崩れた。黒い体はみるみる細かな灰へと変わり、風に運ばれて消えていく。

言葉にならない嗚咽《おえつ》が、鷹丸の口からあふれた。こんなことが起きてしまうなんて。崩れそうになる鷹丸を支えようと、茜が駆けよった。

その時だ。

「おのれえええ！」

唸り声と共に、背後から壮絶な気配がわきあがってきた。二人は青ざめながら後ろを振り返った。

火柱のように髪を逆立てた揚羽姫の首が、空中に浮かびあがっていた。札の形をした黒い焼け焦げが、くっきりと白い顔にはりついている。すさまじいばかりの傷だが、それ以上に形相がすさまじかった。

真紅の目が毒々しく輝きだしていた。肌は白熱した鋼《はがね》のように光り、口は般若《はんにゃ》のごとくつりあがっている。その奥ではちらちらと黒い炎がちらついていた。

さらに、姫の怒りを受けて、森中がうめき声をあげていた。これまでとは比較にならない恐ろしい気配が、姫を中心として広がっていく。

もはや先ほどの穏やかな気配は、かけらも見られなかった。生まれかけていた小さな絆《きずな》は、もろくも砕けてしまったのだ。

魔物としての本性を剝きだしにして、姫はとどろくような声をほとばしらせた。

「だましたなあああああっ！」

「ち、ちが……」

姫は逆上した獅子のように頭を振るった。乱れた黒髪が鞭のようにしなり、子供達をなぎ倒す。

張り飛ばされた鷹丸は、勢いあまって木に叩きつけられた。うっと息がつまり、意識が遠のきかけた。いよいよ殺されるのだ。そう思った。

この時、姫が荒々しく叫ぶのが聞こえた。

「なんの真似じゃ、おぬしら！　わらわの邪魔をするつもりか！」

「ああ、そのとおりだよ」

「けっ！　面倒くせえことだけどな。森がそうしろと言うんじゃしかたねえ」

姫に答えるのは、かつての森の主達。その声は、なんと雛里の口から出てきていた。

ぎくしゃくと、雛里が立ち上がっていた。顔はうつろで、目にも光はない。にもかかわらず、両手のかぎ爪をいっぱいに開いて、揚羽姫に向かっていこうとする。主達が雛里の体を操っているのだ。

絶句している鷹丸に、主の一人が言った。

「今のうちにとっとと逃げるがよいぞ。この女も、さすがに天鶏屋敷までは入れぬからな」

「裏切り者！　そんなでく人形に宿ったからといって、何ができる！」

「ま、とりあえずあんたを足止めするくらいはできようて」

「笑止！」

揚羽姫が唸り声をあげて、雛里に飛びかかった。

ほとんど一方的な戦いだった。主達が操る雛里の動きは鈍く、襲い来る姫の攻撃を避けようともしない。ただのろのろと向かっていくばかりだ。みるみるうちに雛里の体に新たな傷が開いていった。

「や、やめろ……」

鷹丸は泣きだしそうな声でつぶやいた。

主達が鷹丸を助けようとするのは、鷹丸のためではない。黒羽ノ森のためだ。ここで鷹丸が死ねば、森にとっては都合の悪いことになるから。ただそれだけなのだ。そんな目的のために、主達は雛里の体を操り、雛里に怪我をさせていっている。

激しいむかつきに襲われながら、鷹丸は叫んだ。

「や、やめろ。やめてくれ！　雛里！　雛里は人間なんだぞ！　道具なんかじゃない！そんなふうに弄《もてあそ》ばないで！」

「卑怯者！　卑怯者！」

茜も泣きじゃくりながらののしった。だが、二人にはどうすることもできなかった。戦いを止めることも、この場を逃げ出すことも。

ふいに、雛里がすばやい動きを見せた。揚羽姫の髪をつかむや、手が切れるのもかまわずに、姫の首を契約の大岩へと引きずり始めたのだ。そうして姫を大岩の手のひらに押しつけた。

手の形をした岩が動きだした。ぐっと、指をおりまげていき、姫の首をがしりとつかみこむ。姫は口汚くののしったが、もはや完全に身動きがとれなくなっていた。

雛里の口から満足げな主達の声が出てきた。

「ふふん。森に逆らえるわけがないのにさ。少し調子に乗りすぎたね、この女も」

「まったくだ。それにしても、この体はなかなか居心地がいいな。手足を動かせるというのは……ひさしぶりだ。懐かしい感じがする」

「ああ、あたしもそう思ったよ」

「なあ、これ、このままとっておこうぜ。いざという時、動かせる体がもう一つあるっていうのは便利だし。だいたい、一つの器に七人は多すぎらあ」

「そうだのう。もらっておこうかのぅ」

とんでもない会話に、鷹丸と茜は飛び上がった。主達は雛里の体を返さないつもりなのだ。

「だめだ！　雛里は渡さない！　か、返せ！」

鷹丸が飛びついたが、すかさず腹を殴られた。うずくまる少年を、主達は冷たく見下ろした。

「助けてやったのに、恩知らずな子じゃ」

「まったくだよ。お灸《きゅう》をすえてやりたいとこだけど、相手が天鵺家の跡継ぎじゃねえ」

「ああ。殺したら、元も子もない。揚羽から怒りをしぼりとれなくなる」

「じゃあ、かわりにそっちの娘をやるっていうのはどうよ？　小僧自身を痛めつけるより、効果があるかもしれねえぜ」

「そうだね」

「そうしよう」

「よ、よせ！」

鷹丸は必死に立ち上がろうとしたが、痛みのせいで体に力が入らない。かすむ目をこらせば、操られた雛里がぎくしゃくと茜に向かっていくのが見えた。

雛里が茜を殺す。悪い冗談のように思えた。そんなことは絶対ありえないはずなのに。

だが、雛里はまっすぐ茜に向かっていく。

ああ、夢だ。これは夢に違いない。

「茜！　に、逃げて！」

だが、茜は逃げなかった。じっと近づいてくる雛里を見つめる。

雛里が地面を蹴った。獲物に襲いかかるふくろうのように、両手を突き出して突っ込んでいく。まもなく、あの爪が茜の喉なり胸なりをえぐる。

鷹丸は目を閉じた。茜がどんな顔をするのか、見たくなかった。

だから、鷹丸は見ることができなかったのだ。茜に爪が届きそうになったところで、雛里が信じられない身のこなしで、自分の右腕に自分の左手を食いこませた瞬間を。

まばたき一つしなかった茜ですら、雛里がいったいどういう動きをしたのか、わからなかった。とにかく気づいた時には、雛里は自らの腕に爪を食いこませ、茜の心臓からその切っ先をそらしていたのだ。

それでも完全にはそらしきれず、突っ込んできた右手のかぎ爪が、茜の左肩をえぐっていった。

「うぐっ！」

強烈な痛みに、茜は鈍いうめき声をあげていた。まるでかみそりで切り裂かれたかのように、肉がすっぱりと裂けたのを感じた。

だが、このくらいですんで幸いだったのだ。雛里が自らを抑えてくれなければ、茜は間違いなく死んでいたのだから。

茜は涙目で雛里を見た。雛里は茜の胸元に頭を置くようにして、止まっていた。小刻みに震えているのは、心の中で主達と激しく戦っているからだろうか。

「あ、茜！」

鷹丸が駆けつけてきて、雛里を茜から引きはがそうとした。だが、茜がそれを止めた。

「へ、平気だから、触らないでください！」

鷹丸を一喝しておいてから、ふたたび雛里を見た。まだ動かない。

相手を刺激しないように気をつけながら、茜はそろそろと腕をのばしていった。汗がひどかった。ぬるぬると、汗と一緒に力が流れ落ちていくような気がした。空っぽになっていく体に、ずきんずきんと、痛みばかりが響く。

それでも、ようやく雛里を抱きしめることができた。

鳥女《とりめ》の呪術が解けきっていないせいだろうか。茜の、雛里に対する感覚は非常に敏感になっていた。そうして触れ合うと、まるで自分が雛里の中に溶けこんでいくような気がした。

そのまま心を研ぎ澄まし、茜はついに弱りきっている雛里の魂を見つけ出した。雛里は、普通ならば誰の手も声も届かない、虚空《こくう》を漂っていた。だが、茜はそこまで飛ぶことができた。

そう。茜は確かに雛里のもとに飛んだのだ。

雛里の手をつかんだ。そう感じたところで、茜は我に返った。だが、心にはまだしっかりと雛里をつかんでいるという感触がある。それを決して放さないようにしながら、茜は雛里にささやいた。

「雛里様……そこにいるんですね？」

「……………」

「主達も、まだそこにいるんでしょう？　でも大丈夫。雛里様なら主達に勝てます。だって雛里様は人間だから。心を失った主達なんかに負けるわけがない」

「……」

「思い出して。あなたは……あたしのことを何度も助けてくれた。雛里様は鳥女なんかじゃない。ちゃ、ちゃんと心がある人間なんです」

雛里様なら大丈夫。

震える声で繰り返した。

そうして言い聞かせるにつれて、雛里の体から緊張がとけていくのが伝わってきた。

ついに雛里が顔をあげて、茜を見た。その目は人間のものに戻っており、さらに涙を浮かべていた。

「あ、あ、か、か、かね……」

かすかな声が、雛里の口から出てきた。主達のものではない、幼い女の子の声だった。

茜も、そして鷹丸も耳を疑った。雛里がしゃべった。決して口をきかないはずの鳥女が、茜の名を呼んだのだ。

「雛里……。人の心を取り戻したの？　に、人間に戻ったのかい？」

鷹丸のささやきに、雛里は小さく笑った。今にも泣きだしそうな、全てを嘲笑うような、悲しみと冷ややかさが入り混じった複雑な笑いだった。だが、それは人間らしい笑いだった。

雛里はそっと茜から身を離した。魂を取り戻した瞳が、しっかりと茜を見る。

「主達は、まだ雛里の、な、中にいる。でも、外にはもう、だ、出さない、から、安心して。……あ、ありがとう、あ、茜。鷹丸も、ありがとう」

茜、鷹丸の順に笑いかけ、雛里は前を向いた。

「あ、あ、揚羽姫」

雛里はゆっくりと呼びかけた。岩の檻《おり》に捕えられた姫は、気色ばんだ様子で叫び返した。

「なんじゃ！　なぜそのような目でわらわを見る！」

「ひ、雛里は、鳥女。でもそのお役目も、もう終わる。……鳥女は一度だけ、命が尽きる時だけ、と、飛ぶことができる。翼を広げて、どんなところにも行くことができる。地上につなぎとめられていた鳥女への、たった一つの贈り物」

しゃべるにつれて、雛里の言葉はどんどんなめらかになっていった。

「雛里はこれからすばらしいところに行く。姫も連れて行ってあげる。そこでは恨みも憎しみも、全部忘れることができる。どんな傷も癒《いや》すことができる。姫、雛里と一緒に行こう。一緒に傷を癒しに行こう」

「何を言うておるのじゃ、そなたは？　いやじゃ！　わらわは憎しみを忘れたくなどない！　余計なお世話じゃ！」

姫は憤怒の形相でわめいた。が、その髪はおびえたように後ろへと波打っていく。今にも逃げだしたいと言わんばかりだ。

雛里は穏やかにかぶりを振った。

「それでも雛里は姫を連れていく。それが茜と鷹丸のためにもなるから。姫もきっとわかる。雛里と飛んでよかったって」

すうっと、雛里は両腕を大きく広げた。その体がやわやわと光りだす。うっとりするほど優しい光だ。それと同時に、全身の傷が癒《い》え始めた。白い古傷さえも、光に吸いこまれるように消えていく。

ぼろぼろだった着物も、青く光りだした。ゆっくりと、縫いつけられた鳥の羽根が抜け落ち、その下から新たな羽根がはえてくる。色は様々だった。鮮やかな朱と金、目も覚めるような空色にすみれ色、柔らかな栗色に渋い深緑、それに新雪のような純白と、どっしりとした漆黒《しっこく》。

それらはこのうえもなく美しく入りまじりながら、雛里の体をおおっていく。

羽根がはえそろう頃には、雛里の両腕は翼となっていた。大きくて、力強い翼だ。それを一、二度羽ばたかせると、雛里はふわりと空中に浮かびあがった。人間の足が消え、体は鳥のものへと変わる。だが、頭だけは変わらずに雛里のままだった。

「い、いやじゃ！　行かぬ！　どこにも行かぬ！」

髪を振り乱して、揚羽姫は死に物狂いでもがいた。そのかいあって、岩の指が一本折れた。すかさずそこから逃げ出そうとした。だが、雛里は逃がさなかった。さっと下降するや、二本の鳥の足で姫をつかみあげたのだ。

「放せ！　いやじゃああっ！」

「怖がらなくていい。雛里は姫を傷つけない。姫、一緒に幸せになろう。姫も雛里も、幸せになれる。これからいくらでも」

「じゃが、天鵺家が！　まだ復讐がすんではおらぬ！」

「復讐はもうすんでいる。天鵺家はもう長い間、誰も幸せではなかった。雛里はずっと見てきたから、よく知っている。姫はとっくに望みをとげている」

「しかし、まだあの子供が！」

あきらめきれないと、揚羽姫は鷹丸を睨んだ。そのまなざしを、雛里は翼でやんわりと遮った。

「姫が知っている天鵺家はもう終わる。鷹丸は新しい天鵺家を、もっとずっと良い天鵺家を作っていく。誰かを犠牲にしたりしない天鵺家を。……そうでしょう、鷹丸？」

問いかけられて、鷹丸は夢中でうなずいた。先祖達がしてきたようなことは絶対しない。

天鵺家の体質を、必ず自分の代で変えてみせる。

「約束する！　姫にも、雛里にも。みんなが幸せに笑いあえる、そんな家を築いていくから！」

雛里が嬉しそうに笑った。

「聞いた、姫？　鷹丸はきっと約束を守ってくれる。天鵺家は違う天鵺家になる。だから、もうここを去ろう」

「……」

「いやだと言っても連れていく。姫はここにいるべきじゃない。姫の中にいた、今は雛里の中にいる人達も。ここにいては、いつまで経っても姫達は魔物のままだもの。森に操られて、鷹丸や茜を苦しめようとする。それではだめ。だから、力ずくでも連れていく」

少し苦しげに、だがきっぱりと雛里は言った。

揚羽姫は長い間黙っていた。その目が激しく揺れている。どんなに誠意のある言葉を向けられても、やはり長年の怒りを手放しきれないのだ。

兄に森に連れこまれ、気づいた時には首をはねられ死んでいた。それが姫を主にせんとした黒羽ノ森の策略だったとしても、信じていた者に裏切られて殺されたことに変わりはない。思い出すだけで、今も激しい怒りがふつふつと煮えたぎってくる。

あれから今日に至るまで、姫を森の主たらしめ、この世につなぎとめていたのは、一にも二にも天鵺家への尽きぬ恨みであったのだ。それを捨てるのが恐ろしかった。

「で、できぬ。無理じゃ」

苦しげに姫は吐き捨てた。

「憎しみを捨てることは、我が魂を捨て去るも同じこと。できぬ。到底できぬ！」

「揚羽姫……」

「だいたい、そなたなぞに何がわかる！　わらわの悲憤、恨みの深さがわかるのか！　信じていた者に、血のつながりのある一族に裏切られた者の苦しみがわかると言うのかえ？」

憎々しげに姫は雛里を見た。人を殺せそうなまなざしを、雛里はびくともせずに受け止めた。

「よくわかる。姫、雛里には誰よりも姫の気持ちがわかる」

「嘘じゃ！」

「雛里にはわかる。なぜなら……雛里も鵺の子、天鵺一族の娘だったから」

しんと、その場の空気が凍えた。鷹丸と茜は息をつまらせ、揚羽姫すら目を見張る。雛里だけが静かにたたずんでいた。

「雛里は天鵺の子。五代目当主の、末の娘。父上は……兄上を守るために、天鵺家を守るために、雛里を鳥女にした。ずっと忘れていたけれど……さっき思い出した」

淡々と雛里は話していった。父親に薬を飲まされ、呪術師に引き渡されたこと。おぞましい呪術の末、命を奪われ、鳥女として生まれ変わったこと。これほど長い間忘れていたとは思えないほど、その記憶は鮮明だった。

ああ、何もかもよく覚えている。どのように自分が変わっていったのか、鳥女に堕《お》ちていったか、今なら全て思い出せる。

鳥女となった時、雛里はそれまでの記憶を全て封じられた。天鵺家の子だったという記憶は失われ、鳥女としての使命感を植えつけられた。だが、だからといって、心をなくしたわけではなかった。人だった頃のようにあからさまに表情に出すことはできなくとも、ちゃんと何かを感じたり思ったりすることはできたのだ。

だが、天鵺一族は次第に雛里の犠牲を、雛里の素姓を忘れ、ただの便利な道具として扱うようになった。全身ずたずたになりながら跡継ぎの子供を守っても、誰も一言も礼を言わなくなった。それは当たり前のことだからと。

殺伐《さつばつ》とした年月を過ごすうちに、心はどんどんすり減り、涸れていった。しまいには何も感じなくなった。

あの時、本当の意味で鳥女となったのだと思う。

だが、茜がやってきた。外から来た少女は、何かと雛里を気にし、語りかけ、気遣ってくれた。その影響を受け、今度は鷹丸が雛里を人として見るようになった。雛里にとっては何にも勝る贈り物だった。だからこそ、今日一日、本来の役目に背くことをあれほど続けて行なうことができたのだ。

だが、受けた打撃は大きかった。長年こき使われてきたところに加え、今日のおびただしい力の消耗と、揚羽姫による毒と傷。

雛里の鳥女としての寿命は尽きかけていた。雛里が今、自分を取り戻せたのも、雛里がこれ以上ないほど弱ってしまったからだろう。鳥女として用をなさないほど弱ったからこそ、これまで雛里を縛ってきた術がゆるんだのだろう。

飛び立つ時が来ている。翼がうずうずと震えているのを感じる。だが、まだだ。一人で行くわけにはいかない。ここで揚羽姫を憎しみの中に見捨てていくわけにはいかない。

慈しみをこめて、雛里は姫に語りかけた。

「姫の気持ちはよくわかる。雛里も苦しかった。とてもたくさん苦しんだ。何度も痛くて、でも、それよりも心のほうがもっと痛くて……とてもつらかった。だけど、もうそれも終わる。雛里は何もかも忘れる。忘れて自由になる。……だから、姫にも自由になってほしい」

「じ、自由にじゃと……」

「そう。姫には幸せになってもらいたい。姫と雛里は同じものだから」

雛里の誘いは、かたくこごった揚羽姫の心をゆさぶった。同じ天鵝の子。同じ血が流れていた者。同様に一族に裏切られた者の言葉だからこそ、それは揚羽姫の心に届いたのだ。

この子供と一緒に行けば……幸せになれるのかもしれない。ふたたび幸せというものを味わえるのかもしれない。

そんな気持ちが心をよぎる。

だが、長年の憎しみを手放すだけの勇気を、揚羽姫は持てなかった。助けを求めて、雛里を見つめた。

「そなたが、本当にわらわを幸せにしたいと望んでいると言うのであれば……手を貸しておくれ。わらわが森から離れられるように。わらわ自身では……できぬのじゃ」

観念したように目を閉じる揚羽姫に、雛里はうなずいた。

「わかった。姫には少し眠ってもらう。次に目覚める時には、姫はすばらしいところにいるから。心配しなくていい」

そう言って、雛里は一度揚羽姫を地面に下ろし、両の翼で姫を包み込もうとした。その一瞬、姫は真顔となって雛里を見上げた。

「……次に目覚めた時、そなたはわらわのそばにいるのか？」

「必ずいる。姫のそばから離れない」

「そうか。それなら……」

初めて、姫の声から憎しみが消えた。

「それなら、ここを離れるのも、そう悪くはないことなのかもしれぬな」

雛里は顔をほころばせると、姫の首をそうっと翼でおおった。そうしてしばらく経ってから、翼を広げた。

姫の首があった場所には、大きな卵が一つ転がっていた。黒と白のまだら模様は、どことなく蝶の模様に見えなくもない。

その次の瞬間、黒羽ノ森が激しいうめき声をあげ、足元の地面が大きく揺れた。まるで何か大きなものがばったりと倒れたかのような揺れであった。

雛里が高らかに声をあげた。

「黒羽ノ森が今死んだ。もうここは、忌まわしい妖気の森ではなくなった」

もう二度と、黒羽ノ森が主になりそうな人間を引き寄せることはない。もはや誰かが生《いけ》贄《にえ》になることはない。そして、天繭村の絹虫達は死ぬだろう。生きるのに必要な妖気をくれる森は、なくなってしまったのだから。

『やめよう。こんなことは今考えることじゃない』

鷹丸は頭を振り、雛里を見つめた。

雛里は飛び立つ準備をしていた。まるで親鳥のように、卵を大事そうに足の間にはさみこんでから、ふたたび子供達のほうを向いた。晴れやかだった顔に、少し寂しさがにじんでいた。

「もう行かなければならない。時が迫っているから」

「ま、また会えますか?」

「必ず」

力強く雛里はうなずいた。と、その顔が幼げな、恥ずかしげな笑みを浮かべた。

「その時は茜と鷹丸と遊びたい。……遊んでくれる?」

「もちろんだよ、雛里。たくさんたくさん遊ぼう!」

「遊びなら、あたしが知ってますから。草笛でも石蹴りでもどろんこ合戦でも。なんでもやりましょう!」

泣き笑いの顔をしながら、子供達は口々に言った。

「うん。楽しみにしている。……さようなら」

優しく言うと、雛里は卵を両足でつかみ、翼を大きく羽ばたかせた。その羽ばたきの下から、風と、白い光が生み出され始めた。

光はみるみる大きく強くなり、すぐに直視できないほどまぶしいものとなった。まるで太陽を前にしているかのようだ。だが、太陽のものとは違い、翼からあふれる光はひたすら白く清らかだった。

とても見ていられず、子供達は目をおおった。雛里の歌声が聞こえてきた。


飛べ飛べ、鵺よ。いざ巣立て。

もはや巣には戻るまい。

眼《まなこ》開いて、光を見やれ。

翼開いて、風呼びやれ。

あけぼの、たそがれ、星の空。

届かぬものはあるまいぞ。

飛べ飛べ、鵺よ。いざ巣立て。


高く澄んだ歌声は、すうっと昇っていき、やがてふつりと聞こえなくなった。それを境に、光がおさまってきた。

もう目を開けても大丈夫だろう。

まず鷹丸が、次いで茜が恐る恐る顔をあげた。二人であたりを見回してみたが、雛里の姿はどこにもなかった。

「行って、しまったんだね」

「ええ。飛んでいったんです。ここよりもずっときれいで、いいところに」

しみじみとした口調で茜が言った。

雛里。そして揚羽姫。天鵺筋の二人の娘。鵺の娘達。一族に翻弄《ほんろう》された彼女達は、ようやく自由をつかみ、共にかなたへと飛び立ったのだ。

『そしてあたしも……もう鵺の家の娘じゃない。鳥女でもないんだ』

茜の着物から、次々と羽根が抜け始めていた。鳥女の術が、呪いが解けていく。

茜がなんとも言えない感動を覚えていると、鷹丸が手をぎゅっと握りしめてきた。言葉にならない思いを伝えようとするかのように。

その手を握り返そうと力をこめたところで、茜は小さく悲鳴をあげた。肩の怪我をすっかり忘れていたのだ。首を回してのぞきこめば、かなり出血している。血を見ると、ずきずきと痛みがぶり返してきた。

鷹丸もすっかり動転した様子で、茜から飛び離れた。

「ごめん！　傷のこと、忘れていたよ。大丈夫？」

「へ、平気です」

とは言うものの、茜はもう歩けそうになかった。寒気がするし、気分もどんどん悪くなってきた。

青ざめている茜を草の上に座らせ、鷹丸はきっぱり言った。

「茜はここで待ってて。今すぐ誰か連れてくるから」

「ひ、一人でお屋敷まで戻れますか？」

「大丈夫だよ。いいから座って休んでるんだ。すぐ戻るから」

鷹丸は身を翻《ひるがえ》して走りだした。

森には闇が戻ってきていた。だが、前のような粘《ねば》ついた闇ではない。妖気に満ちた闇ではない。黒羽ノ森はごく普通の森へと変わっていた。

そこら中から立ちのぼる新鮮な草木の香りを吸い込むと、体に新たな力がみなぎってきた。自分は生まれ変わったのだと、鷹丸は感じた。これから色々なことが変わるだろう。だが、乗り切ってみせるし、新たな道を切り開いてみせる。

前を見据えてひた走る鷹丸。その顔からは、呪いのただれ傷がきれいに消えていた。

# 本格ホラーと児童文学ファンタジーの合体

井辻朱美

　廣島玲子の仕事の多くは児童文学、それも小学校の図書館で大人気のシリーズの数々である。「朝読」の影響もあってか、子どもたちは短い連作を好む。それも、怖いものがお気に入りだ。そして好ましい怖さの要素の一つは、だれもが遭遇する怪異ではなく、われとわが身につまされる脅威であることだ。それが廣島作品の人気の秘密であろう。
〈ふしぎ駄菓子屋　銭天堂〉シリーズ（偕成社）では、悩みを抱えた子どもたちが、奇妙な駄菓子屋の店主のおばさんから、悩みを解決する菓子を見繕ってもらう。売るにあたって店主は、昭和または平成の、ある年に鋳造された硬貨にこだわり、それはまさにそのとき、その子の財布に入っているものだ。値段ではなく、その子がそのとき持ち合わせた硬貨でしか買えない「唯一無二のアイテム」。それは秘密の悩みを解決してくれる「ドラえもんの道具」なのだが、トリセツをよく読まずにそれに溺れると、恐ろしい結末が待っている。道具によって（いわばズルをして）得た成功の苦さともあいまって、驚異は一転、罪悪感の重苦しさをにじませる。

同タイプの後発作品に〈もののけ屋〉シリーズ（静山社）がある。こちらは妖怪風味で、願いをかなえるもののけを「憑けて」くれるのだが、ホラー度が高く、子どもが喰われてしまったり、人形になったり、とバッドエンドがずらりと並ぶ。前作の妖怪が再登場する続き物の迫力もあり、この怖さには大人でも抗しがたい。こちらは恐怖が単発ではなく、じわじわと「世界化」する面白さだ。

これらと並んで、目線が子ども側だけでなく、妖怪側にあるシリーズもある。〈はんぴらり！〉シリーズ（童心社）では、恐怖よりも好奇心のほうが前面に出て、ほのぼのと心温まる解決が見られる。「はんぴらり」（半人前）のつくも神と知り合った主人公が、妖怪世界に足を踏み入れると、妖怪たちは怖い他者から、やがて気心の知れた仲間になってゆく。〈妖怪の子預かります〉シリーズ（東京創元社）も、これに近いテイストを持っている。「怖さ」を隠し味にした、というか、それを免罪符にした予定調和の癒しである。

子どもは恐怖を「愉しみ」化する名人だ。怪異は、（キョンシーや藤子不二雄Ⓐの「怪物くん」やホグワーツ城の「ほとんど首なしニック」のように）しばしばギャグに転化する。恐怖とそれを手なずけるわざを、児童文学のホラーものはよく教えてくれる。

そして廣島玲子は、単にホラーに遭遇する衝撃ではなく、あちらの世界とこちらの世界に、子どもならではの力が橋をかけるところを書きたい作家でもある。ティーン向きの長編はそれをよく示し、純然たる濃いホラーと、子どものもたらす回復力との融和がはかられる。恐ろしい存在の襲撃から、対立構造の分析と解消、そして調和のリセットへ。

例えば記紀神話と土俗的な伝承を下敷きにした『送り人の娘』（角川文庫）は、読者対象年齢が大人に近いので、残酷な描写にも手加減がなく、傷や死への生理的な嫌悪感が読者の喉もとまでこみあげてくるほどだが、最後はテーマのどす黒さから脱して、いたって軽やかに閉じられる。近作『青の王』（東京創元社）も中東風の意匠をはりめぐらせ、権謀術数、魔物の不気味さ、残虐行為などをちりばめながらも、ラストはみごとな向日性ファンタジーだ。

そしてこの『鳥籠の家』も、そちらの方向から眺めてみるとよくわかる作品ではないかと思う。そのために、少しファンタジーの歴史に立ち返ってみたい。

『指輪物語』（J・R・R・トールキン）のアメリカでの熱狂と、ヨーロッパへのそのフィードバック以来、ファンタジーは低年齢層向けの児童文学から、ティーン対象の文学へと推移してゆく。アラン・ガーナーやスーザン・クーパーをへて、より深く自らの土地の伝承を掘り起こし、魔法や伝説を再検証しようという流れとともに、さほど根生《ねお》いの伝説を持たないアメリカやカナダではケルト的な異文化を移植再生した疑似・別世界物語が生まれ、さらにル・グウィンを筆頭とするSF作家の流入もあいまって、ジャンルは心理的、哲学的深化を遂げ、出版社は読者ターゲットの年齢を上げてゆく。この時期には世界各地の神話や伝承が、そのエキゾチズムを「他者性」と読み替えることで、ファンタジーの異化機能を果たさせるために使われはじめた（もちろん忍者やサムライも！）。

M.Levy と F.Mendlesohn の『子どものファンタジー文学』（*Children's Fantasy Literature*, 2016）によれば、一九八〇年代に入ると、ファンタジーの出版体制が、ティーン対象と、伝統的な「児童文学」の二部門にはっきり分かれはじめる。もちろんファンタジーを愛好する大人やティーンは、「児童文学」ファンタジーをも読み続けていたが、マーケティング上は二層構造となり、ティーン向けのものは、「児童文学」の幸福性から離れ、半ばはソーシャル・リアリズム、当時でいうYA文学の方向にスライドしていった。その中で『指輪物語』のように自己完結する異世界ファンタジーは神話から長大な偽史と化し、テリー・プラチェットやロビン・マッキンリイらの作品がそれなりに命脈を保つものの、市場ではかつての話題作の再版やシリーズの続編が多くなり、ティーン読者はもっと身近な、現実の矛盾や都市生活の悩みからも目をそらさない作品を求めるようになっていった。その一部がYA文学となる。

では、ファンタジーはどうなったのか。

大きなブレイクスルーは九〇年代後半に来る。〈ハリー・ポッター〉シリーズ（J・K・ローリング）と〈ライラの冒険〉シリーズ（P・プルマン）の出現である。それ以前にも、ダイアナ・ウィン・ジョーンズのように、厳しい現実や意地悪な登場人物を持ち込み、ソーシャル・リアリズムを内包した児童文学ファンタジー作品もあったが、新たな二シリーズはそうした児童文学ファンタジーとYA的なソーシャル・リアリズムを正面から融合させ、トールキンの拓いた長大なシリーズ・ファンタジーの流れに、再び子ども読者を取り戻すとともに、新たな大人読者をも獲得した。

児童文学の安定した「型」を保ちつつ、その中に死や暴虐《ぼうぎゃく》や社会矛盾をはめ込む。『子どものファンタジー文学』によれば、児童文学ファンタジー部門とは、思春期や性の問題を取り扱わないラインである。ならば児童文学でありつつ、暗黒の部分、凄惨《せいさん》なリアリズムを抱え込みうる内容は何よりもホラーであろう。〈ハリー・ポッター〉シリーズでは、幽霊、怪物、闇の魔法使い、オカルト、心霊主義、魔法生物たちが、いわば安全弁の保証された枠の中ゆえのパワーを存分に発揮する。

かくてネオ・ファンタジーの中核をなす、児童文学ファンタジーとホラーの合体した作品群が生まれた。

廣島玲子の長編作品も、その一つと言える。本作『鳥籠の家』はおどろおどろしい土俗的な伝承を踏まえつつも、無垢な子ども主人公の投入によって、怨恨《えんこん》と戦慄のカオスが、最終的に、児童文学特有の調和への信頼へとすくいあげられる展開を持つ。しかし、(だからこそ) このカオス部分は、思いっきり怖いのだ。迷路のような古い屋敷、昆虫類の生理的恐怖、生首、ただれ、汚穢《おえ》、忌《いま》わしい儀式、そして「森」というトポスの闇。極上のホラーである。

読者対象年齢が低めの『狐霊の檻』(小峰書店) が、相同のテーマを持ちながらもほのぼのとした民話性を保っているのに対し、本書はよりリアルであり、無垢な子どもの力によって闇が解消されるという、児童文学固有の信頼がなければ、とてつもなく重い出口なしのホラー伝奇になっていただろう。

それを思うと、廣島玲子が低年齢層向け連作ファンタジーの手練《てだ》れであることの意味は大きい。ホラーにどっぷりと浸かり、深淵を見たのちに、一転奇跡のようにすくいとられて癒される感覚。この浮揚感は何にも代え難い。

本書は二〇一五年、小社より刊行した『鵺《ぬえ》の家』を改題し、文庫化したものです。

**著者紹介**　神奈川県生まれ。『水妖の森』で、ジュニア冒険小説大賞を受賞して2006年にデビュー。主な作品に、『妖怪の子預かります』、『青の王』、〈ふしぎ駄菓子屋　銭天堂〉シリーズや、『送り人の娘』、『火鍛冶《ほかじ》の娘』などがある。

検印
廃止

鳥籠の家

2017年12月15日　初版
2023年11月10日　再版

著者　廣《ひろ》嶋《しま》玲《れい》子《こ》

発行所　(株)東京創元社
代表者　渋谷健太郎

162-0814／東京都新宿区新小川町1-5
電話　03・3268・8231-営業部
　　　03・3268・8204-編集部
URL　http://www.tsogen.co.jp
DTP　工友会印刷
印刷・製本　大日本印刷

乱丁・落丁本は、ご面倒ですが小社までご送付ください。送料小社負担にてお取替えいたします。



ISBN978-4-488-56507-7　C0193